사랑이라
하겠습니다 2

박외도 제2시집

시음사
시사랑 음악사랑

시인의 말

"사랑이라 하겠습니다." (제2집)

나의 제1시집 제목이다. 제목을 무엇이라 정할지 생각하다 어릴 때부터 일찍이 말씀을 통하여 하나님 사랑과 이웃 사랑과 자연 사랑을 배웠고 미션스쿨을 통하여 교육받다 보니 자연스레 신앙인이 되었고 그것에 익숙해져 있었다.

그래서 나는 사랑의 화신도 아니요, 사랑이 철철 넘쳐나는 사람은 더더욱 아님을 밝힌다. 그렇다고 다른 곳에서 하나님 이상의 사랑을 찾아보지 못했고 "아가페" 사랑이야말로 우리를 구원할 수 있는 유일무이한 참사랑임을 깨달았기에 제2시집 역시 "사랑이라 하겠습니다."라고 감히 정하였습니다.

제가 S.F.C 학생운동 시절 어느 목사님으로부터 죤밀턴의 실낙원 복낙원을 소개받고 읽어보려 하였으나 너무나 방대하여 (성경보다 더 두꺼워 부분적으로만 읽었다) 결국 다 읽지 못하고 그때 제 생각에 이렇게 두꺼워서야 몇 명이나 읽을까? 하여 직접 간단하게 써야겠다고 생각하곤 지은 시가 "사랑이라 하겠습니다"의 제2집에 있는 단 두 페이지의 "실낙원 복낙원"을 쓰게 되었다.

공중 나는 새를 보라 심지도 않고 거두지도 않고 창고에 모아들이지도 아니하고....

들의 백합화를 보라 수고도 아니 하고 길쌈도 아니 해도 먹이시고 입히시지 아니하느냐...

그러므로 내일 일을 위하여 염려하지 말라 내일 일은 내일 염려할 것이요...... (마태복음 6:19 절~34절)

예수님이야말로 진정한 시인이며 최고의 자연 시인이라 자신 있게 말할 수 있다.

2023년 12월 19일
시인 박외도

삶을 사랑으로 엮어가는 박외도 시인

우리가 사랑을 말할 때는 일반적으로 몇 가지 사랑의 종류를 말한다. 대표적으로 본다면 에로스(Eros), 스토르게(Storge), 필리아(Philia), 아가페(Agape) 사랑을 볼 수 있다. 에로스는 성적인 사랑, 욕망적인 사랑이라 볼 수 있고, 스토르게는 가족적인 사랑 즉 부모가 자녀에 대해 느끼는 사랑, 자녀가 부모에 대해 느끼는 사랑을 말하기도 하고 친구적인 사랑이라고도 한다. 필리아는 우정적인 사랑, 동료적인 사랑이라 말하고, 아가페는 거룩하고 무조건적인 사랑 즉 절대적인 신의 사랑을 뜻하기도 한다. 박외도 시인은 이 사랑 중에서 '아가페' 사랑을 토대로 삶의 중심을 잡아가고 있다. 그리고 그 삶 속에서 실천하고 변화하고 경험한 것을 시인의 심상으로 '詩'를 풀어내고, 또한 하나님을 찬양하면서 성경 말씀을 비유하여 박외도 시인만의 시각으로 詩作하고 있음을 볼 수 있다.

박외도 시인은 제1시집 제호도 "사랑이라 하겠습니다"이고, 이번에 출간하는 제2시집 제호도 "사랑이라 하겠습니다 2"로 정하였다. 그만큼 절대적인 사랑의 중요성을 깨달으면서 많은 독자에게 그 사랑을 전하고 싶은 마음이 크다는 것을 알 수 있다. 물론 거기에는 자연을 사랑하는 마음도 담겨 있다.

시인의 작품을 감상하다 보면 '詩' 속에서 꿈틀거리는 새로운 희망과 꿈이라는 긍정적인 메시지를 이야기하고, 또한 가족과 이웃 더 나아가 세상을 살아가는 모든 이를 위해 간절히 기도하는 마음을 담아 시로 표현하여 많은 독자에게 평안과 사랑이 전해지기를 바라고 있다. 박외도 시인의 "사랑이라 하겠습니다 2" 시집을 통해 닫혔던 마음과 감성이 열려 좀 더 따뜻한 마음으로 세상을 살아갔으면 하는 바람도 있다.

박외도 시인의 삶의 경륜과 지혜 또한 꿋꿋한 사랑의 심지(心志)가 들어있는 시집이 많은 독자에게 사랑받기를 기대하면서 기쁘고 설레는 마음으로 추천한다.

(사)창작문학예술인협의회 부이사장 **박영애**

QR코드 스마트폰으로 QR 코드를 스캔하면
시낭송을 감상할 수 있습니다

 본문
시낭송
감상하기

 제목 : 승리자의 노래
시낭송 : 박영애

 제목 : 새날이 밝아온다
시낭송 : 최명자

 제목 : 고난 없는 삶이 어디 있나요
시낭송 : 최명자

 제목 : 아버지의 향기
시낭송 : 최명자

 제목 : 실낙원 복낙원
시낭송 : 박영애

 제목 : 하얀 목련꽃
시낭송 : 박영애

 제목 : 내가 너를 사랑하노라
시낭송 : 박영애

 제목 : 만추의 가을비
시낭송 : 박영애

 제목 : 내 영혼의 기도
시낭송 : 박영애

 제목 : 홍매화 봄을 기다리다
시낭송 : 박영애

 제목 : 새해의 기도
시낭송 : 박영애

영상은 YouTube 정책 또는 운영 관리에 따라 삭제될 수도 있습니다.

시인은 자연을 이야기하고 시낭송가는 자연을 품었다
글자는 날개를 달아 언어로 날고 소리는 자연에 눕는다

* 목차

✱ 목차

＊ 목차

* 목차

승리자의 노래

오늘이 있어 내일이 있고
계절의 끝자락에서 세월이 시작되고
세월의 끝자락에서 영원으로 이어지나니

죽는다는 것은 죽음으로 끝나는 것이 아니라
영원에서 영원으로 이어주는 이음줄이니

낙엽이 지지 않으면
봄날에 연푸른 잎을 볼 수 있겠느냐
열매가 땅에 떨어져 썩지 않으면
봄날에 새싹을 볼 수 있겠느냐

봄꽃이 아름다운 절정에서
꽃비 되어 휘 내리지 않으면
새로운 아름다움의 절정은 없으리라

후회 없이 사랑했고 그런대로 행복했었고
그런대로 사노라면
이것이 승리자의 노래여라.

제목 : 승리자의 노래
시낭송 : 박영애
스마트폰으로 QR 코드를 스캔하면
시낭송을 감상할 수 있습니다

새날이 밝아온다

새날이 밝아온다
지구의 공전으로
한 해의 시작을 여는 아침
펼쳐진 푸른 물결 위로
동녘을 붉게 물들이며
온 세상을 넓은 가슴으로
품어 안으며 타오르는 태양

격동의 한 해를 다 태우고
새로운 희망의 나래를
예고하는 순간
태양아, 솟아라. 대지를 밝혀라
더는 촛불이 꺼지지 않도록
甲辰 년 새해에는
슬픈 눈물이 없도록 채워라

모든 시름 좌절, 다툼 분열 물리고
소망과 승리의 한 해가 되기를
새날은 하늘로부터 온다
희망의 나팔 소리 들리지 않느냐
새날이 밝아온다
가슴 벅차게 빛나는
희망의 새 아침이다.

제목 : 새날이 밝아온다
시낭송 : 최명자
스마트폰으로 QR 코드를 스캔하면
시낭송을 감상할 수 있습니다

씨앗의 잉태

기나긴 여정이었다
잔혹한 설한풍 견디며
미동도 않고 가만히 숨죽여
기다림은 내일의 소망이
주저리주저리 열리기 때문이라

아물고 있는 것
꽃이 피어 있는 것을 보았지
꽃잎이 진 것도 보았지
파노라마 영상 기법 이전에는
그 과정을 정확히는 몰랐지

아득한 태초에도 그랬겠지
벌 나비가 찾아와
활짝 핀 꽃을 희롱하면
꽃술을 파르르 떨며
잉태와 태동을 느꼈지

아침에 피었다가
저녁에 아물어 있고
이튿날에는 꽃잎이 져 있으니
나의 신은 아무도 모르게
자기 일을 하시는 게지

가슴엔 사랑만 흐르게 하소서

가슴엔 사랑만 흐르게 하소서
우리가 살면 몇백 년을 살다 가리요
천 년을 살겠소. 만년을 살겠소.

사랑하며 살기에도 모자라는 생을
미움 시기 질투 원망으로 다 허비하리오.
많이 산다 해도 고작 백 년을 사는 게 인생

가슴엔 사랑만 출렁이게 하십시오.
사랑이 넘쳐나는 강가에는
온갖 맛있는 열매들로 가득할 것입니다

언제 어디서 생의 닻을 내릴지
아무도 모르는 게 인생이잖소
살아생전에 아낌없이 사랑하게 하시오

미움도 원망도 불신도 다
싱그러운 웃음 하나로 날려 버리게 하시오
웃는 얼굴엔 침 뱉지 못하잖아요.

가시연꽃

칠팔월 폭염 아래
온몸에 열꽃이 돋아나
가시방석 水面 위에 띄우고
스스로 자기 가슴을 찢는
아픔을 감추고 꽃대를 올리며
강렬한 보라색 꽃을 피우는
가시연꽃

유구한 역사 속에서
인고의 삶을 살아온 너
그 많은 세월을 대대로 이어오며
지나가는 바람에도 흐르는 구름에도
허락지 아니하고
오직 임의 손길에만 허락하고픈 마음에
발은 진흙을 밟았어도
을 맑은 물에 씻고
온몸을 가시로 무장하였구나

아픔 속에

속앓이하면서

자신의 천운을 빌어야 할

서글픈 운명이지만

정작 가슴 태우며

임의 행운을 빌어 주는 너는

탄식 속에서도 잎을 찢고

심장을 드러내어

자줏빛 선혈을 토해내고 있구나.

우포늪은 경남 창녕군에 있으며 가시연꽃은 이방면 옥천리 549
번지에 우포늪 생태체험장 있고 우포늪, 목포, 사지포, 쪽지벌로
나누어져 있으며 꽤 커다란 습지 보호 구역이다. 가시연꽃은 멸
종 보호 식물이다.

황혼은 평등하더라

늙어가는 얼굴에 검버섯
저승꽃이 피었다고 서러워 말아요

깊어진 주름살 한평생 살아오며
아등바등 최선을 다했지만
질곡의 형틀에 매인 몸이던가
우린 어쩔 수 없는 죄인이었네

호기롭게 뻐기던 젊음도
하늘을 찌르던 독선도
속절없이 지나가고 늙고 초라함도
죽음의 그림자도 누구에게나 오나니

세상살이 한평생에
남은 건 한 줌 검불에 불과하여
내 손안에 아무것도 쥔 것 없다고
한탄하지 말아요

인생의 결국은 평등하잖아요
주어진 것에 만족해 보세요
이 세상 모든 것 다 부질없는 것
천상의 복락이 내 마음에 있다오.

기다리는 봄

내 마음속에 기다리는 봄
너는 멀리 있었지만
늘 내 안에 자리하고 있었다.
그것은 꿈이요 희망이기 때문입니다.

낯선 바람 스치기만 해도
행여 향기라도 있을까
조바심에 이끌려 나왔더니
어느새 봄은 나의 뜨락에 왔었네.

보이지 않아 잊고 있었더니
아직 봄이라기엔 이른데
삼동을 이기고 야무지게
맺혀 있는 꽃망울들이 나를 반기고

조용히 손에 힘을 주어
안으로 속을 가득 채우다
눈만 빼꼼히 내밀며
나를 흔들어 깨우는구나

꽃샘추위까지 넘기려면
몹시도 힘들 텐데
뿌리로부터 가지 끝자락까지
봄을 잉태하고 있었구나.

일출일까 일몰일까

욕망의 사슬에
뺄셈보다 더하기가 많으니
아직도 모자라는 갈증에
굳어진 굴레를 벗어버리지 못하고
제각각의 욕구를 채워줄
지도자는 누구일까

벌떼처럼 모여드는
방향 잃은 군상들에게
그 적임자는 바로 나라고
울대를 세우며 주먹을 불끈 쥐고
엄지를 세우거나 V를 그려 보이며
비상을 꿈꾸는 자들

행복을 심어 주겠다는데
이번에도 부도수표 남발은 아닐까
솟아오르는 태양이라 바라본 것이
떨어지는 낙조는 아닐는지
때 묻지 않은 순수함으로
기대에 찬 어리석은 군중들

연출된 각본대로 움직이는
배우들의 놀음에 잘도 속아온
군중들의 표심은 어디로 갈까
겉치장만 화려한 사상누각은
태풍의 위력 앞에 얼마나 버틸까
진실은 항상 한발 늦게 알려지나니.

삼월의 사랑 진달래

가쁘게 뛰는 심장은
누군가를 향한 사랑

꽃이 피고
열매를 맺을 때까지
두근거리겠지만

속으로 삭여
안으로 새겼더라면
아무도 몰랐을 비밀

아무도 눈치 못 채게
남모르게 피운 사랑

애간장 녹이는
연분홍 치맛바람에
꽃술이 파르르 뜨니

등산객이 눈치를 채고
같이 웃는 삼월

고난 없는 삶이 어디 있나요

드디어 삼월이 왔구나.
봄이라고들 좋아하지만
언제나 봄이 아닌 걸
너는 알고 있겠지

홀연히 봄은 사라지고
모진 비바람 칠 때도 있고
긴 장마도 있고
태풍도 있을 거야

비바람에 젖고 흔들려야
꽃잎은 쉽게 벌어지고
넝쿨은 흔들리면서 담을 넘고
바로 서는 거야

목마른 가뭄에는
목말라하면서
뿌리를 더 깊이 박는 걸
잊어선 안 돼

고난 없는 삶이 어디 있나요
연한 순같이 곱게 자라면
고난이 올 때 쉽게 부러지고
쉬 고사하고 말잖아요.

제목 : 고난 없는 삶이 어디 있나요
시낭송 : 최명자
스마트폰으로 QR 코드를 스캔하면
시낭송을 감상할 수 있습니다

아버지의 향기

비바람 불고 눈보라 쳐도
가족과 이웃을 먼저 생각하며
사랑을 베푸는 아버지는 1m 80의 거구로
태산처럼 우뚝했고 참으로 든든했었소.

소유하는 기쁨보다 나누는 기쁨으로
따뜻한 배려로 다른 이를 채워주면
당신이라고 아픔이 없었겠느냐
당신이라고 힘들지 않았겠느냐

6.25로 복부 관통상을 입고 대수술을 일곱 번 받아
수술 부위가 밀려 나와 압박 붕대로 동여매고 일했으나
다윗같이 지혜롭고 용맹스러웠지
이웃 집사님이 노환으로 쓰러졌을 때
등에 업고 4킬로를 달려 병구완하셨지만.

아버지의 이 미담은 아무도 모르고 있었고
아버지의 발인식에서 노 집사님의 아들인 조 장로님이
처음 공개함으로 맏이인 나도 그때 처음 들었다
선한 일을 하고서도 오른손이 하는 걸 왼손이 모르게 하라는
주님의 교훈을 철저히 따르셨다

미로 같은 인생길에 눈앞의 아찔함도
개의치 않으시고 오로지 앞길을 개척하였소.
보옥 같은 당신의 아름다운 믿음은
그 어떤 어려운 고난 속에서도
굳세게 긴 터널을 무사히 빠져나왔죠.
언제나 아름다운 당신의 향기 잊지 못합니다.

제목 : 아버지의 향기
시낭송 : 최명자
스마트폰으로 QR 코드를 스캔하면
시낭송을 감상할 수 있습니다

그리움

신록의 푸른 향기 무성할 제
찾아오던 임은 한순간의 꿈이던가요.
붉은 장미 희롱하다
팔랑팔랑 사라져간 흰나비는 무엇인가요.

내 공허한 가슴에 사랑과 행복을
가르쳐 주고 떠난 임은
지나가는 바람은 아니겠지요.

손가락 모두가 촉수 되어
더듬어 찾았으나 빠져나간 모래알처럼
나의 빈 가슴에 임의 얼굴만 아른거리네.

가는 길 재촉하며 떠난 그림자
눈에서 멀어지면 지워질까
애써 도리질을 쳐보아도 지워지지 않으니

마음 한 자락 가누지 못하여
허우적거리는 인생 여정이
지나가는 한밤의 꿈길 같아라.

유언

멀다 까마득히 멀다
마치 미로처럼 얽힌 인생사다
우린 잊지 말아야 할 것을 잊고
새로운 것을 알아가면서
자연스레 잊어버린다

살면서 평온할 때
수없이 뇌까린 말보다
죽음 앞에서 남긴 유언 한마디가
얼마나 중하랴!
그것에는 순수함이 있다

샛별같이 빛나는 것이다
한평생을 걸어와야
떠 담을 수 있는 생명수다
사라져간 무수한 꽃잎들의
철학이 담긴 샛별같이 빛나는 잠언이다

사랑하는 이에게 남긴 유언은
가장 정갈한 생수다
갈증을 씻어주는
잊지 못할 상쾌한 포도즙이다
한 방울의 욕심도 썩이지 않았다.

태극의 의문

나는 무식하여
태극의 참뜻을 모른다
그 참뜻을 아는 국민이 몇이나 될까
그러므로 태극을 보는 느낌을 말해야겠다

도교에서는 무아 전위(無我全爲)
우주 일체를 상징한다면서
태극의 중심이
왜 둘로 갈라졌는지 모른다
음양의 조화라 하여
둘로 갈라놓고 말았으니
위는 빨간빛 아래는 파란색

왜 하나로 통일되지 않고
남북으로 둘로 갈라놓았는지
"불같이 타오르지만
재가 되지 않는
청정한 정신"이라 노래했지만
나의 좁은 소견으로는
태극기부터 먼저 통일되어야 한다

태극의 사괘, 건, 감, 곤, 리
하늘과 땅을 나누고 있다
물과 불로 나누고 있다
그렇다고 해도 우리의 정신은
분열에서 하나로 뭉쳐야 한다
남북으로 나누어진 원인이
거기에 있진 않겠지만
왠지 꺼림칙하다.

자연 인간을 고발하다

어릴 때 그 겨울은 몹시 추웠었지
남녘 이곳에도
낙동강에는 얼음을 깨야 나룻배가 다녔고
샛강 빙판 위에서 얼음 지치다
발 시리고 손가락 굳는 줄도 몰랐지
강 언덕 마른 잔디에 불을 놓아가며
시간 가는 줄도 모르고
한낮에는 신나게 달리다
살얼음 언 곳에서
풍덩 빠져 정신없이 기어 나와
물에 빠진 새앙쥐 꼴
집에 가 옷 갈아입고
또 물 논으로 가 썰매를 탔었지
기러기 떼 ㅅ 자를 그리며
서산으로 기울어져 가는
태양 속으로 날아갈 때까지
초가집 처마 밑에 둥지를 튼
참새 떼가 집을 찾을 때
우리도 그제야 집으로 왔지.

거창하게 지구 온난화를
논하지 않아도
지금은 물 고인 논에도
썰매 탈 얼음이 없다
낙동강 강어귀 둑 인근에 살면서도
기러기 떼를 본 기억이 가물거리고
그 많던 메뚜기 떼들은 어디로 갔나
샛강 바윗덩이에 붙은 고기 알은 고사하고
물고기 한 마리 구경하기 힘들고
대칭이 조개들도 한 마리 없다
물은 각종 농약과 축사 폐수로
오염되고 더러워져 먹을 감을 수도 없고
나 같은 자연을 노래하는 시인은
시골 옛 그림과 기억을 더듬어
시를 읊으니 한심하구나.
경제발전 자연 개발이라는 핑계로
우선 잘 살기 위하여
무분별한 난 개발한다
지구는 파괴되고 오염되고 병들어 간다.
자손 대대로 물려줄 이 자연은
인간의 짧은 안목과 욕심에 의하여
지구의 종말을 앞당기고 있다.

풀과 같은 인생이라 해도

백발이 성성해진 내 모습
이제는 한 송이 야생화
지는 꽃도 눈부시다

기울어진 마지막 황혼의 한고비
희미한 등고선을 지워 버려야겠다
이제는 덤으로 사는 인생이니

젊어 한때는 열망의 푸른 꿈으로
그 꿈에 맞추어가던 집착들
열심히 뛰었다 멈출 수 없을 만큼

이젠 새로운 소망의 닻줄을 감을 차례다
육체는 풀과 같이 마른다 해도
내 영혼은 주의 말씀과 함께 영원하리니

체념에 빠져 허우적댈 때가 아니다
모든 이생의 연줄 다 끊어진다 해도
새로운 항로를 개척하는 거다
찬란한 희망의 무지개 펼칠 일이다.

투박한 항아리의 변신

투박한 빈 항아리로 살면서
황금을 담을 것을 꿈꾸었네
온갖 보석으로 가득 채우기를 갈망하였고
사랑의 향기 뿌려지기를 바람이여

누가 나를 투박한 항아리라 하여도
말 없는 언어장애로 살며
내 안에 온갖 보석으로 채우기를 바랐지만
당신은 내가 노력하지 않는 한
여전히 투박한 항아리로만 살아야 한다고 했네

나의 노력이 조그만 꽃을 피우는 날
당신은 시인이란 날개를 달아 주었고
내 안에 심어준 온갖 보석들로
칠보단장한 신부와 같이 꾸며주었지

지성이면 감천이라
드디어 부족한 저에게
심혼을 흔들 수 있는 시어로 채우시어
나로 한 마리 파랑새 되어
뭇사람의 머리 위에 행복의 씨앗을 뿌리며 살게 했지.

살인과 환생

그대가 처음 우리 집에 왔을 땐
가늘고 여리고 귀엽고 어여뺐다
봄이면 온 집안에 매그놀리아 향이 가득하여
너의 향기에 취하고 우아한 하얀 순백의
얼굴 내밀면 두근두근 부풀던 내 가슴

젊을 땐 하얀 속살 드러내며
소담스럽게 핀 너를 보고
황홀했었고 사랑스러웠다 그러나 거기까지다

30년이 지나자 차츰 권태기가 찾아왔고
우람하게 자란 그대는 온 집안을 다 차지하고
어둑한 그늘을 드리워 도적의 소굴 같았다

하늘 꽃 피던 그대 얼굴에 그새 가을이 깊어
굵은 허리에 우람한 팔을 흔들어 대면
남자의 손바닥만 한 커다란 손들이 나뒹굴고

열흘도 못 되는 그 하얀 웃음에
폭삭 속은 것이 억울하여 내 기어이 너를 죽이고야 말겠다
아무도 모르게 죽여 산속 깊이 끌어가 버리고 왔다

그런데 5일 장에서 아내가 너를 데리고 왔고
그대가 처음 올 때와 꼭 같은 모습으로
환하게 웃으며 향기를 뿜는 너를 보고
내 가슴은 또 한 번 두근두근했었다
그것의 이름은 목련꽃이라 하였다

* 매그놀리아 : 한국어로 "목련"꽃이라 하며 꽃말은 "고귀함"이며
　　　　　　　　부활의 의미로 쓰인다.
* 커다란 손 : 목련 나뭇잎.

실낙원 복낙원

실낙원.

나의 본향은
측량할 수 없고
방향조차 알 수 없는 곳
머언 기억 속에 아물거리며
손짓하여 부르지만 미지데.

사탄의 미혹에 빠져
금단의 열매
매혹적인 향기 맛도 좋으리라
"하나님과 같이 된다"는
참을 수 없는 욕구에
모든 의지가 무너지고
사지가 녹는구나
달콤한 유혹에 이끌려
끝내 금단의 열매를 맛보았노라.

향방 없이 헤매는 마음
사탄에게 미혹되었고
금단의 열매에 매혹되어
부끄러움을 알아버리고
두려움을 알아버린 슬픈 인간
무화과 잎으로 부끄러움을 가리고
하나님, 이 두려워 나무 그늘에 숨는
나는 외로운 왕자
불안과 공포에 휘말려
우린 사랑을 몰라라
사탄의 시기와 질투에 빠져
금단의 열매를 맛본 인간이여
광명을 잃은 자식이여.

복낙원.

한 줄기 희망의 빛
제시해 주는
"나는 길이요 진리요 생명이라"
선명하게 밝아오는 여명
저곳은 분명 나의 본향.

생명수 흐르는 강가에
생명 과실이 주렁주렁
진홍빛으로 물들어 지천이라
배불리 먹고
생명수 강에 목을 축이니
이제는 시온의 노래가 흥겹고
구원의 은총으로 충만하도다.
백합꽃 향기 그윽하고
감미로운 향기에 취하여 노래하니
여기가 바로 나의 본향이로다.

욕망도. 미움도. 시기와. 질투도 없는 곳
조물주 아버지가 통치하시고
사탄의 세력이 미치지 못하는 곳
이곳이 바로 낙원이로다.
모든 사랑이 충족되는
통전 적 아가페 사랑의 동산
이웃을 배려하는 사랑으로
거룩한 십자가의 뜻 받들어
주께 영광 돌리니
이제야 나는 내일을 꿈꾸는 왕자
오가는 미소가 입가에 젖는다
떠오르는 태양이 밝다.

* 시온의 노래(시편 137:1~4)
* 미지데: 미국식. : 알 수 없는 곳, 불확실한
* 영국식 : 정체를 알 수 없는.

제목 : 실낙원 복낙원
시낭송 : 박영애
스마트폰으로 QR 코드를 스캔하면
시낭송을 감상할 수 있습니다

안개비

누구이시던가
내 상상의 나래 안에
심어 놓은 그대
그것은 내가 원하는
이상형의 여인이었다.

무표정한 얼굴
실어증에 걸린 듯
말없이 돌아서는
현실에서는 존재하지 않은
상상의 상자 속 인형

내가 있는 곳이면
어디든지 홀연히 나타나
살풋 웃음 짓고는
나의 혼을 앗아놓고
멀어져 간다

너는 내 안에서
춤추며 살다
물거품처럼 허상이 되어
눅눅히 습기 머금은
하늘로 말없이 사라져 간다.

소망

가는 봄 아쉬워한들
얼마를 붙들리오
조금 더 살면 뭐 하고 덜 살면 어떻소
건강하게 살다가 기력이 다하여
큰 고통 없이 간다면
축복이 아니겠소

왜 불안해하는가
믿음 없는 사람아
화무십일홍이라
무슨 미련이 남았으랴
떨어진 꽃잎은 시들어도
침묵 속에 잠들고
영원히 그 잠 두려워하지 않으니

해 아래 영원이 어디 있으랴
해마다 돋아나는 풀도
어느 땐 가는 죽어 마르나니
영웅호걸도 갔고 시황제도 갔다오
이 땅엔 영원한 것이 없고
뜬구름 잡는 거와 같다오

누구나 어차피 일생을 사는 것
세상으로 왔으니 우리는 나그네
반드시 돌아갈 본향이 있다오

세월은 가는데

봄을 재촉하는 비 뿌린 후
칼바람 몰고 오던 동장군도
춘삼월 훈풍에 밀려나고
벌써 봄이 곳곳에 피어난다

정원에 돋아난 새순마다
꽃망울 부풀어 올라 꽃이 피고
이 꽃이 져야 열매가 있으니
흘러가는 세월을 탓할 수 있으랴?

계절의 순환으로 돌고 돌아
봄 여름 가을 겨울이 새롭게 돌아오건만
인생의 봄은 청춘도 장년도
세월이 가면 백발이 성성해
돌아올 줄 모르고

해 아래 늙지 않음이 어디 있더냐?
무슨 슬픈 사연이라고
고목을 부여안고 호곡하는가.

춘하추동 사시절이 돌고 돌건만
인생은 한번 가면 다시 돌아올 줄 모르고
그가 있던 빈자리만이 동그마니 남아
또 다른 육신이 그 자릴 채운다.
그것이 조물주의 섭리라면 받아들이라
받아들이는 것이 곧 믿음이니라.

사랑은 무례히 행치 않고

우리 사회가 얼마나 품격 없고
예의가 상실된 사회인지를 보여주는 것이
대한민국 헌법 10조를 보면
모든 국민은 인간으로서의 존엄과 가치를 가지며
행복을 추구할 권리를 갖는다. 고 했습니다
그러나 현실은 인간의 존엄이라는 그 귀중한 가치
그 기본적인 부분들조차도 무너져 있는
무례한 사회가 되었다는 것입니다
우리의 가정이나 학교 우리의 개인도 사랑이란 미명하에
폭력이나 심각한 언어폭력이 동급생이나 부모나 자녀
형제들 간에서 이루어지고 있다는 것입니다
사랑은 무례히 행치 아니하고 자기의 유익을 구하지 않는다
결코 쉬운 일이 아니지만
사랑을 위해선 끝까지 침묵할 때도 있는 거와 같이
사랑하는 이를 위해 자기의 유익만을
추구하지 않아야 하는 것이며
자기가 소중한 만큼 다른 이들도
하나같이 소중하다는 것입니다.

국화꽃 사랑

해맑은 웃음 흘리며
찾아온 당신의 모습은
청순한 가을 여인을 닮았습니다.

은은한 새벽달 머물다 갈 때
취기(醉氣) 어린 너의 그윽한 향기는
나의 심혼에 상사병을 심어 주고

영원히 같이하자던 당신의 언약은
사위어가는 달을 개의치 않고
이 가을 다하도록 같이하여 주었소

사계절 나의 연인이 되어 주니
내 곁엔 항상 당신이 있었다오
잠시 스쳐 가는 바람이 아니라
영원한 나의 친구요 연인이었소

지금 잠시 헤어져도 내년을 기약할 수 있으니
상심하지 말라며 늦가을 새벽 찬 서리에
빈 가슴 끌어안고 성급히 길 떠나는
나의 연인이여 국화여.

신앙의 용사

시기와 질투로 참소하여
없는 죄도 있는 듯 말하는 이방 무리 속에.
하물며 왕의 권위를 내세우고자
만든 신상 앞에서 엎드려 절하지 않고
고향 예루살렘을 향하여
하루에 세 번씩 기도하며
믿음으로 무장한 용사
다니엘의 세 친구, 사드락, 메삭, 아벳느고,
칠 배나 뜨거운 맹렬한 풀무불 속에서
하나님의 천사가 구원하니
옥좌에 앉아 왕의 권위를 과시하려
왕의 신상을 만들었으나
하나님의 권능에 압도되어
하나님이 참신됨을 인정하였도다.

"우리가 섬기는 하나님이 계신다면
우리를 맹렬한 풀무 불에서 건져 내시겠고
'그렇게 아니하실지라도,
우리가 왕의 신상 앞에 절하지 아니하며
섬기지 아니하겠노라."
대단한 용기 비장한 각오로
죽음과 맞섰던 믿음의 젊은 용사들.

하나님의 거룩한 뜻 있어
이들에게 지혜와 총명을 더하셨고
이방의 관리로 세웠도다.
이들은 뜻을 같이한 동지요
조국을 잃고 순교까지 각오한
결코 조국과 그들의 하나님을
잊지 아니한 애국자였으니

선민 이스라엘이 무너지던 날
성전이 불타고 포로가 되어도
그들의 신앙은 조금도 흔들리지 않았고
"그리 아니 하실지라도" 담대한 믿음 앞에
포로 70년에 조국 이스라엘은 예루살렘으로
귀환하니 대제국 바벨론은
그들의 믿음 앞에 굴복하고 말았도다.
인생의 삶은 하나님의 역사하심을 따라있나
니..........!

옛날 우매한 전도사의 비유

옛날 시골 교회에서는 신학교도
나오지 못한 믿음 좋다는 집사나
영수가 설교를 하였다
천국과 지옥의 커다란 상위에
자루가 긴 수저가 놓였는데
지옥 간 사람들은 긴 수저를 들고
자기 입에만 떠서 넣으려고 하니
밥을 한 숟갈도 못 먹고
천국 간 사람들은 사랑이 많아
자루 긴 숟가락으로 마주 앉은
다른 사람의 입에 떠서 넣어주니
서로 배불리 먹고 얼마나 좋으냐고 가르치면
우매한 교인들은 그 비유가 옳은 줄 알고
"아멘"하며 받아들였다
왜 숟가락의 긴 끝만 잡았을까?
숟가락 자루를 짧게 잡으면 될 것을
안되면 손으로라도 집어먹으면 될 것을
요즈음 목사님들은
그런 우매한 비유는 하지 않는다.

사상누각이랴

붉은 벽돌 한 장 한 장 엔
부모님들의 피와 땀이 서려 있고
집사람과 나의 심히도 조렸던
마음과 육신의 상처와 뼈마디가 무너져
응축된 벽돌 한 장 한 장을 쌓아 올릴 때마다
산더미 같은 빚더미가 어깨를 짓눌렀다

그것은 진한 우리의 분신과도 같았다
자기는 숟가락 하나
부모덕 보지 않았다 하며
놀란 눈으로 올려다보거나
심한 한기로 질시의 눈을 흘기는 자
그 터 밑에 깔린 굳어진 영혼과
육신의 각인된 흉터는 보지 못하는가.

그것은 사상누각이고
허물어지고 말 바벨탑이라

그래 맞아 세상에 영원한 것이 있으랴
사십 년을 늙고 나니 많이도 초라해졌다
각양각색의 고통과 행복은
회오리바람에 범벅이 되어 쓸려가니
진이 다하여 빠진 뼈다귀만 황량하게 남아
대대적 수리를 하고 벽, 네 귀퉁이를
양팔로 안고 떠받쳐 버티어 본다.

야생화

인적 드문 오솔길에
짧은 목 길게 뽑아
한껏 뽐내 보지만
알아주는 이 없고
보아주는 이 없다.

서두르지 않아도
이 봄에 잠깐 피었다가
이름도 없이 빛도 없이
사라질 것을

세찬 빗줄기에
얻어맞으며
아직 밤기운 차가운
산자락에서 둘레 길 따라
곱게 인내하며 꽃피웠건만

무심히 지나가는 사람들의
발자국에 짓밟히고
짓이겨져도
모든 것 감내하며 참아온
인고의 세월.

상처가 헐어서 허물어지고
눈물이 맺혀서 이슬이 되어도
얼굴에 웃음꽃 활짝 피우며
내일의 소망만은 잃지 않으리.

원석 가공

태초부터 금세기까지
커다란 바윗덩이에 박혀
그대로 제련되지 않고
모태의 순결을 잃지 않은
순수 그 자체

햇볕도 공기도
핥고 지나가지 않았고
누구의 손길도 허락지 않았다
태초의 아침부터 지금까지
순결의 정조를 지켜 왔다

그런 만큼 석공은
온 정성과 심혈을 기울여
원석을 채취하고
면밀하게 분류하고 평가하여
정성스럽게 초벌을 가공한 후

가공사는 외부와 단절한 채
마음을 비우고
정신을 통일하여
태초의 본질을 지켜온 원석에
새로운 혼을 불어넣는다

가공사의 열정 어린 가공에 따라
원석의 모습이 더욱 귀하게 태어나듯
우리의 자녀도 사랑도 가꾸기에 따라
그 순수하고 찬란한 생명이
더욱 장중보옥 같이 태어난다.

수련

밤엔 꽃잎을 오므려 잠자고
아침에 잎을 펴며
깨어나는 꽃

솟아오르는 태양
희망 가득
새롭게 피어나는 아침

진흙 속에 보석으로
빛을 가르는 청량한 바람
한 송이의 수련

싱그러운 미소
그윽한 눈빛으로
소담스럽게 피어난 꽃

부드러운 숨결
속으로부터 끓어오른
강렬한 열기

물 위에 띄운 연잎
푸른 발자국 잎새 위에
내 마음 누이고 싶다

태풍 솔릭

태풍 솔릭이 온다는 뉴스다
비와 바람이 뒤범벅되어
태초의 혼돈을 휩쓸어 버리듯
천지가 개벽하듯 할 것이다

태풍의 눈에는 악마의 발톱을
숨기고 있을 것이다
수많은 비와 바람으로
피해가 크겠지만

가뭄은 해갈될 것이다
폭염은 사라질 것이다

양의 탈을 쓴 이리일지
이리의 탈을 쓴 양일지
빗소리 바람 소리가
가는 계절의 끝자락을 재촉할 것이다

부디 피해는 적게
이익은 많기를
나의 신께 기도할 뿐이다.

낙엽 같은 인생

세상살이 길다고 한들 지나고 보니
한순간이요 찰나에 지나지 않으니
이 땅에 영원한 것은 없었노라
결국 살아보니 인생 한평생이 순간이더라.

서늘한 바람 앞에 노랑 잎 붉은 잎
오색 단풍에 가을은 눈부시게 아름답다 하나
붙어 있으면 단풍이요 떨어지면 낙엽이라
흩어지는 바람결에 쌓여만 가는 슬픔이더라.

인생이 바라보니 눈부시게 아름다운 가을이라
절박한 이별이어도 영원한 끝은 아니더라.
작별은 슬픔이라도 새로운 희망이 있으니
희망을 잉태하기 위한 사랑의 숨결이더라.

푸른 잎새가 붉은 단풍과 노란 단풍잎 되고
작별의 슬픈 입맞춤은 잠든 당신을 깨우고
천국을 꿈꾸게 하고 소망을 갖게 한다
헤어짐은 또 다른 만남을 위한 눈물이더라.

갈증

비는 예나 다름없이 내리건만
그대는 가고 없는데
내리는 빗소리는 여전히
내 가슴에 흐르고
온 마음을 적셔요

우산도 없이 밤비를 맞으며
살포시 젖은 모습으로
찾아오던 그대는
늦은 봄 밤비로 오던
한순간 꿈이던가요

하염없이 내리는 빗소리
그대의 음성인가 하여
심한 허기진 마음으로
하늘을 향하여 입을 벌리고
빗방울을 받아들였으나
그대 향한 갈증은 더욱 깊어만 가네.

치매

병실 침대 모서리에 묶여
자유가 없어도 불행인 줄 모른다
내가 선 땅이 너무 넓고
너무 넓어서 집을 못 찾고
너무 넓어서 갈 곳이 많다
그러나 허용되지 않는 자유
태양이 너무 밝아서 발밑이 어둡다

잊을래야 잊을 것도 없이
머릿속이 휑하니 비었다
사랑도 미움도 다 잊고
좋은 일, 안 좋은 일 모두
엉킨 실타래처럼 엉켜 버렸다
그의 입은 수저를 따라가고
배가 고프니 먹고 싶다는 식욕뿐

무언가 억울한 듯 울부짖지만
그것이 무엇인지 알지 못하네
혼을 놓은 사람아
어디까지가 사람이란 말인가?
벼락 방에 똥칠하도록 살아라
악담 중의 악담이다
치매는 걸리지 말자.

*치매를 앓아 요양병원에 입원 중인 작은 외삼촌 병문안을 하고 와서

꿈꾸는 단풍

한줄기 갈바람에 날려 보낸 꿈은
가슴에 응고된 슬픔에
기어이 신열이 오르고
얼굴 붉게 물드는 것은
걸어온 삶의 무게가 힘겨웠음이라

열꽃 핀 얼굴로 삶의 일탈을 꿈꾸며
화려한 변신을 꾀하지만
늦게 핀 만리향의 노란 꽃들이
선들바람 일렁일 때마다
가을 햇볕 속에 행복이라 합니다.

만남은 이별을 전재하고
이별 뒤엔 또 다른 만남이 있기에
마지막을 아름답게 떠나기를 염원하는 것은
다음엔 더 예쁜 모습으로 만날 수 있다는
신의 섭리와 이치를 알기 때문입니다.

폭염

불의 아들이
단단히 화가 났나 보다
아무도 근접할 수 없는
달도 아닌 것이
별도 아닌 것이
열화같이 타올라
온 대지를 달군다

달이 웃고 별이 웃자
올해는 유독 화가 났나 보다
빨갛게 달아올라
붉은 얼굴을 하고
달구어진 지열에
살아 있는 것들이
헐떡거리다 죽어가고
녹아 흐르고 타들어 간다

땀범벅이 되어 감겨드는 속옷이
인간의 참을성을 시험한다
1994년 이후
최고의 기록이라는 폭염
폭염 속 전기료 누진제 완화로
지친 백성들의 마음이
조금이라도 진정이 될까.

가을의 맛

가을이 온몸에 알알이 맺혀
노란 포자를 터뜨릴 때
나는 그 향기에 취하여
코를 벌름거리며
황홀히 향기를 마셨다오

수밀도 같은 달콤함에
나는 넋을 잃고 혀로 핥으며
부드럽게 녹아드는 과즙을
입안 가득 채우고
나는 그 맛을 음미하며 눈을 감았다

가을이 빨갛게 농익어 벌어질 때
보석같이 촘촘히 박힌 너를
한입 가득 깨물고 더없이 행복했었다
아직도 그 맛에 취하고
과즙은 입안에서 녹는다.

외로운 솟대

제일 키 큰 솟대는
작다리 같은
솟대들 때문에 외롭다
求道의 말을 전해도
알아듣질 못하고
알아들어도 따라오질 못하니

하늘과 통하려나 솟대
기러기나 오리처럼
떼 지어 하늘 날지 못하고
농아에다 날개도 펼 수 없으니
마을의 안녕과 풍요와 수호는커녕
하늘로도 땅으로도 통하지 못하네

그들이 무슨 능력으로
담 밖의 일을 알며 민생을 챙기겠나
소경이 소경을 인도하기지
차라리 부지깽이 만들어
온돌방 군불 넣는 데나
쓰면 제격이겠지

마른장마

우르릉 쿵쾅 우르릉 쿵쾅
핵폭발 소리라도 좋다
59년의 사하라 태풍이라도 좋다
바깥이 어둑해지더니 소나기다
마른장마로 메말라 가던 만물이
연인을 반기듯 생기를 얻는다

반가운 마음에 마당으로 나와
굵은 비를 맞아보고는
막걸리를 시원스레 마시는 농심이다
자칫 마음마저 말라 버릴 것 같은 폭염
뜨거운 지열에 숨이 막히고
애타는 가슴은 갈증으로 말라간다

비야 내려라, 마구마구 내려라
열대야도 미세먼지도
말끔히 씻어다오
내일은 모처럼 비가 온다는 일기예보다
주르륵주르륵
그 얼마나 기다렸던 임의 발소리인가

내일 새벽녘부터 진종일
"바이칼호를 반쯤 휩쓸었던
기마민족의 말발굽 소리"
빗소리 되어 무수히 지나가라
중부지방의 물난리를
절반이라도 나누었으면 좋겠다.

세상사 다 그런 것을

사랑하고 싶어
그대 곁을 맴도는데
산은 강을 향하고
강은 바다를 향한다

사내는 큐피드의
화살을 쏘았는데
여인은 화살의 방향도 모른 채
다른 사내의 유혹을 따라나선다

벌 나비는 꽃을 그리며
찾아드는데
꽃은 태양을 향하여
기울어지는구나

그리움과 목마름 하나로
너를 찾아 헤매어 왔건만
그대는 이정표 없는 거리에서
누구를 찾아 떠나갔느냐

어이하나 세상사
다 그런 것을
펑펑 울고 싶은 그대 눈물
닦아줄 사람은 없는가.

별꽃

싸늘하게 식어버린 하늘에서
별꽃들이 반짝반짝
웃음 짓는 별이 고마워
하늘을 바라보며 사랑에 빠졌네

하늘은 얼음장같이 차갑게 얼어
쨍하고 파열음을 일으키며 쏟아져
내릴 것만 같아 별꽃도 떨어질까 봐
안절부절못하고 우러러보는데

나도 모르게 언제 어떻게 떨어졌는지
강물 속에 떨어진 별꽃들이
물속에서도 여전히 빛나고 있어
나의 영원한 그리움이 되었습니다

하늘에도 남은 별들이 깜박깜박
어두운 강물 속에서도 반짝반짝
나의 꿈길 속에서도 깜박이며
영원히 빛날 그리움이 되었습니다.

백로

백설같이
희어서 백로라더냐
긴 부리, 긴 목, 긴 다리
나래 활짝 펴고

유유히 흐르는 강가
천년 송 우거진 가지에
둥지를 틀고
활공하여 사뿐히
내려앉는 백로 한 쌍

하얀 깃털 세우고
우아하게 춤추며
사랑을 나누고
새끼를 기르는 백로 가족

푸른 나무에 핀 백설의 꽃
화관을 두르고
하얀 드레스 날리며
날아드는 순결한 신부 같구나

한 늙은이가
백발을 날리며
혹하여 너를 잡으려 하나
검은 때 묻을까 봐
차마 잡을 수 없네.

5월을 보내며

기어이 가야 할 사람이라면
내 고이 보내 드리었더니
임께서 흘린 눈물에 내려
초록빛 물결로 변하였네

봄은 언뜻 보이더니
어디로 사라졌나
청보리 이랑 위엔 노랑 빛이 감돌고
종달새 하늘 높이 우짖는다.

봄과 여름이 숨바꼭질하여
여름이 다가오니 어느새 청매 영글고
임이 가는 줄도 몰랐구나

삶의 길목에서 계절의 노랫소리
또 한 소절 꺾여 드니
고희 넘긴 에움길을 그대 따라가려 하네.

*에움길 : 굽은 길

소망교회 봄 소풍

미세먼지도 없이 경쾌하다
깔깔 웃음으로 마음도 맑고

연초록 잎사귀마다
햇살 반짝이며 흐르고

이팝나무 꽃과 아카시아꽃이
함께 어울려 춤추고

어린아이부터 어른들까지
환희와 열정으로 내닫는다

관조의 눈동자로 바라보며
하나님의 창조 세계를 감상하고

벌은 꿀을 모으기에 분주하고
우린 이 순간 에덴의 양 떼가 된다.

드디어 한과 마을에 당도하고
준비 위원들의 수고로

족구, 축구, 배턴 받아 뛰기
굴렁쇠 굴리기 보물 찾기, 한과 만들기 체험

오가는 얘기는 한마음 시가 되고
마냥 웃음소리는 천사의 노래가 된다

국수 먹는 소리는 현악 4중주가 되어
천국에까지 들리는 사랑 노래가 되었구나.

*의령 조청 한과 마을
*관조 : 고요한 마음으로 사물이나 현상을 관찰 하여봄.
*현악 4중주 : 바이올린2, 비올라1, 첼로1, 현악기로 이루어진
　　　　　　　실내악 4중주

춤추는 허수아비

춤추는 허수아비
스카이 댄스
영혼을 저당 잡히고
심장도 내장도 없이
껍데기만 남아서 춤을 춘다

키다리 몸뚱이
이리저리 쓰러지듯
양팔을 뒤흔들고
현란한 춤으로
신명 나게 춤을 춘다

눈여겨보는 이 없어도
타고난 운명으로 사는 거야
꺽다리 뇌졸중 환자처럼
절뚝이며 춤추어도
텅텅 빈속을 신명으로 채운다

오직 자본주의를 위한 광고
손익 계산도 할 줄 모르지만
춤추는 게 천직이라면
오늘도 쉼 없이 춤추며 살리라.

신경초

손가락으로 살짝만 건드려도
잎을 접는 미모사

어떤 이는 작은 외압에도
두려움에 몸을 사리는
나약함이 싫다고 했다

나약함이 아니다, 굴종도 아니다
위기의 순간을
피하려는 지혜로움이다

민감한 반응에 침입자가 달아난다
누가 너를 겁쟁이라 하는가
위험을 피하려는 본능이다

햇살 사라진 밤에는 잎을 오므린다
밤엔 잎을 펼쳐 보아야
빛을 쬐지 못하기 때문이다

종착역(1)

종착역은 계절이 없다
이삼일 전까지만 해도
고운 미색을 자랑하더니
봄은 이제 시작인데 너는 어디 가고
오늘은 새로운 꽃이
한껏 뽐내고 있구나

청춘의 당찬 꿈도 희망도
젊은 혈기 한때 욕망의 산물이더라
그것 부여잡기 위해 몸부림치나
내가 선 곳이 종착역이니
그 또한 얼마를 가겠느냐

인생은 한번은 어차피 가는 것
미련 둘 것이 무엇이더냐
욕망을 채우고 나면
또 다른 욕망이 자리하니
만족함이 없으면 채워도 배고프다

뒤따르는 이를 위해 길을 열어주고
자신을 내어주며 나를 잊어버리고
나의 모든 욕망의 줄 모두 내어 줄 때
마지막 가는 길이 환히 열리고
백발이 영광스러우리.

낙엽 편지

잎이 떨어질 때부터
한 줄 시어를 써 띄우노니
나의 심혼을 담은 글
한잎 두잎 차곡차곡 받아주오

진액이 다하고 뼈가 마른다 해도
절대 체념하지 않으리니
그대를 향한 열망은
하늘에까지 닿으리라

혹시 나를 향한 기도가
그대에게 있거들랑
경건하게 합장한 손바닥 사이에
낙엽 편지 한 장 끼워주오

그대 혹시 나를 기억하여
그 손을 펼칠 때
그대 향한 추억이 펼쳐지리니
내 마음도 함께 벌어지리라.

사람이 무엇이기에

사람이 무엇이기에
우주도 담을 수 없는 님
어린아이의 심중에도 계시는가

깨어지기 쉬운 질그릇 같은 우리를
사랑의 대상으로 여겨
비천한 죄인, 우리를 사랑하셨나니

저 하늘의 별보다, 달보다
저 하늘의 태양보다, 천사보다
우리를 더욱 尊貴히 여기셨도다.

우리 인간으로 님을 닮게 하시며
잠깐 천사보다 못하게 하였으나
님의 아들과 같이 대우하시고

사람이 무엇이기에
독생자와 같이
영광과 존귀로 관을 씌우셨도다. 아멘.

벚꽃 낙화

만개하지 않은 꽃잎은
바람이 불어도 떨어지지 않는다
만개했다는 것은 익은 것이다
익은 꽃잎은 떨어진다

꽃비 되어 떨어지는가
아니야, 눈꽃이 되어 떨어진다
아니야, 나비가 되어 떨어진다
나풀나풀 춤추며 떨어진다

나는 수천수만의 꽃비 속을 거닐고
수천수만의 꽃눈 되어 휘 내리는데
수천수만의 나비 떼 속에서 춤춘다

마음속의 모든 욕망을 내려놓는다
때가 되면 나도 꽃비가 되겠지
때가 되면 나도 꽃눈이 되겠지
때가 되면 나도 나비가 되겠지.

벚나무 아래서

살랑 되는 봄바람에
익은 가지들이 하늘거리고
꽃들은 온갖 교태를 발산한다.

꽃은 화사하게 화장하여
바람과 나비와 벌을 유혹하고
종의 번식을 재촉한다.

교접이 끝난 꽃잎들은
난 분분 휘 내리고
봄은 한층 더 성숙해간다

벚나무 아래서
하얗게 날려가는 봄을 바라보며
욕망도 하얗게 스러져 간다

이밥 같은 이팝나무꽃

라일락을 노래하고자
뜨락에 나섰더니
라일락은 어느새 사라지고 쌀밥 같은
이팝꽃이 달려 본격적인 4월을 노래한다.
배고프던 시절 우리는 쌀밥같이 생긴
이것을 보고 이밥이라 불렀지

특히 영남 지방에서는 낙동강 둑이 생기기 전에는
처녀가 시집가기까지 쌀 두 말을 못 먹고 시집갔다지
첫째는 홍수가 나서 둘째는 일본이 수탈해 갔고
셋째는 남아 선호 사상 때문이었지
얼마나 무지한 백성이었는가?
봄이면 쑥 캐고 나물 캐는 것이 일이었지

보릿고개가 다가오면
쌀뒤주에도 쌀독에도 쌀이 떨어지고
보리도 익기 전이라 멀건 죽으로 한 끼 때우고
허기지던 시절 그 시절엔 하얀 이밥이
주렁주렁 하늘하늘 춤을 추기도 하였지
얼마나 귀한 이밥이냐
모두 입맛만 다시며 꿈도 못 꾸었지.

* 이팝나무는 한국, 타이, 중국, 일본 등지에 분포 남쪽 지방에서 정원수, 풍치 수로 심는다. 해방 직후에는 이팝나무가 크게 알려져 있지 않은 물푸레나뭇과 낙엽교목으로 개화 시기는 5~6월이며 최근 가로수로 많이 식재되면서 그 인기가 날로 높아가고 있다. 이팝나무의 꽃말은 영원한 사랑입니다.

항상 기뻐하라

단순히 이를 악물고 견디라는 것이 아니다
"항상 기뻐하라" 무슨 조건이 없다
마음의 키를 항상 기쁨 쪽으로 돌려라
인생은 언제나 즐거운 것도
언제나 슬픔만 있는 것도 아니니

어린아이의 깔깔대는 하하 호호 웃음소리는
부잣집에서만 들리는 것이 아니라
가난한 자의 집에서도 들려온다.
"주 안에서 항상 기뻐하라"
너희는 새로워졌으니 기뻐하며 살라
신분이 바뀌면 모든 시각도 생각도 바뀐다

아침에 일어났을 때 창문으로
비쳐 드는 햇살을 보고 기뻐하라

하늘에 높이 떠 있는
해와 달과 별을 보고 기뻐하라

하얀 눈 내린 대지를 덮어
순백의 세계로 만드는 것을 보고 기뻐하라
이 모든 자연을 보고 기뻐하라

야생화 한 송이 보는데 누가 값을 달라고 하더냐.
물과 공기 햇볕도 지구도 다 공짜가 아니더냐?
누구 태어날 때 실오라기 하나 가지고 온 자 있더냐?

"들의 백합화는 길쌈도 아니 해도
고운 옷으로 입히시고
공중의 새는 농사하지 아니해도
먹을 것 주지 않더냐?"

하루하루를 즐겁게 살라.
돈도 명예도 지식도
영원한 행복을 주지 못한다
어렵게 살더라도 서로 사랑하고
적은 것에도 만족하면
즐겁고 행복지나니,

"소망은 미래요 환란 중에라도 기뻐하는 것은
장차 더 큰 영광이 있기 때문이라"

하얀 목련꽃

봄이 오면 그대 오리라
하얀 드레스 입은 나의 신부는
하늘에서 내려오는 선녀 같아라
어찌 그리 사랑스러운지
내 가슴은 두근거리고
정겹고 황홀하여 어지럽구나

봄바람 타고 내려온 너는
우아하고 순결하여 쉬 다가갈 수 없는
하늘의 고결한 위엄을 뿜어내고 있으나
그러나 절대 교만하지 않으니
드레스 자락 사뿐히 끌며 다가와
나의 마음을 사로잡는구나

나의 신부 나의 사랑이여
나는 너를 사랑하고 전심으로 사랑하니
하늘의 햇살이 따사롭게 비치고
벌 나비와 온갖 새들까지 찾아와
축하의 노래를 들려주는데
내 사랑은 수줍은 듯 다소곳이 내려와
매그놀리아 향기를 토하는구나

백설같이 하얀 드레스 입은
나의 신부는
무척이나 곰살갑다

아무도 그녀를 건드리지 말라
햇볕이여 봄바람이여
나의 신부를 흔들지 말라
꽃잎이 뚝뚝 떨어지지 않게 하라
우리의 사랑이 아직은 목마르니
우리의 사랑이 영원하도록 흔들지 말라.

* 곰살갑다 : 무척 상냥하고 다정하다
* 매그놀리아 : 목련꽃 향기

제목 : 하얀 목련꽃
시낭송 : 박영애
스마트폰으로 QR 코드를 스캔하면
시낭송을 감상할 수 있습니다

친구의 영정 앞에서

사람은 감정이 물결치면 운다. 허무해서 울고
서러워서 울고 기뻐서 울고 슬퍼서 운다
시인은 우는 사람이다

친구의 사인은 폐렴이라지만
여러 가지 합병증 중에
마지막 찾아온 폐렴으로 유명을 달리했다

홍수로 물 잠긴 참외밭에서 서리하다
둘이 함께 발가벗고 따라가며
'내 옷 주소 내 옷 주소' 하던 친구다
왠지 조금은 낯설어 보인다

나는 너를 위해 한 점 바람에 흔들리는
단풍잎에 지나지 않고
아무것도 해줄 수 있는 게 없구나

영정 속의 너를 보니 나도 너만큼 늙었겠구려
삶도 행복도 언제 꺼질지 모르는 촛불 같구나

날마다 마음에 새 옷으로 갈아입고
떠날 채비를 하는 오늘만 남았구나

친구야 우리 새 땅에서 만나자
영원히 고통도 눈물도 없는 곳에서
웃으며 손잡고 푸른 들판을 다시 힘껏 달려보자.

촛불 묵상

이 저녁
분주하던 세상이 고요해질 때
작은 촛불로 어둠을 물리고
불꽃 속에서 하루의 삶을 돌아보며
내 영혼을 밝힙니다.

두 손 모아 조용히
오늘 하루의 삶을 돌아봅니다.
촛농이 흘러내리어 자신을 비우듯
모든 욕심 버리고 오직 주신 것에
만족하여 감사드립니다.

내 몸을 녹이면서 작은 불꽃 되어
이웃을 위해 빛을 전하렵니다
자신을 희생하며 주위를 밝히듯이
작은 촛불의 깨달음으로 나를 깨웁니다.

저물어가는 인생 황혼에
영혼을 소중히 여기며 모든 만남을 감사로
여길 줄 아는 사람 되기를 염원하며
인생의 마지막을 정리하는
나그네의 촛불 묵상.

추억

낙동강 칠백 리에
기러기 떼 울어대면
등잔대의 호롱불 밤늦도록
잔잔한 행복의 심지를 돋우었다

부모님 고단한 삶 옛 얘기되어
초가삼간 있던 정든 곳엔
현대식 건물이 들어서고
낯선 사람들이 자릴 잡았는데

백발이 되어 찾아온 나의
뇌리에 혼미한 전설 같은 초가
유년의 추억이 가물거리고
목젖에 무엇이 걸린 듯하니

마음은 부모님을 못 잊어
구름 위를 유영하고
쉬 발걸음 떼지 못하여
자꾸만 뒤돌아보는데.

사랑에 대한 작은 생각

미완의 사랑은
좀 더 애절함이 있다
뭔가 부족할 때
채우려는 욕구가 있다

외로울 때
사랑을 더하면 사랑이 되나
아픔이 따른다.

사랑에 사랑을 더하면 행복이 되고
그리움에 그리움을 더하면
아픔이 된다.

역설적으로
사랑은 아프기 때문에
더욱 소중한 것이다

무엇을 잃기 전까지는
잃어버린 것의 소중함을 모른다.
당신의 손길이 부족할 때
당신이 더욱 그립다.

나 비록 좋은 벗으로 부족할지라도

나의 사랑하는 벗이여
세상살이 짓눌려 허리 펼 날 없어도
그대 곁에 나 항상 같이 있다오

세상살이 힘겹고 불안할지라도
그대도 나를 잊지 않거들랑
나 비록 하찮은 친구일지라도
이 손을 마주 잡고 용기를 가져요

세상 삶이 우리를 속이더라도
우리 서로 굳세게 믿고 나가면
언젠가는 옛말하며 쉬 떠날 날 있지 않겠소.

세상에 짓눌리고 지친 나그네 같은 삶
서로 의지하며 힘을 내세나
나 비록 힘없고 연약하지만
그대의 내민 손 굳게 잡아 주겠소.

비록 큰 힘이 되지 못하고
내 전부를 희생하며 사랑치는 못해도
그대의 허한 마음과 지친 몸 부축하겠소.

나 비록 좋은 벗으로 부족할지라도.

작은 등불 하나

어두운 세상
밝히는
태양은 못되더라도
내 앞길 내 주위 밝히는
조그만 등불 하나
되고 싶습니다.

인류를 구원하시려
목숨까지
십자가 형벌에 내어놓으신
예수는 못되더라도
그 등불 받쳐 들고
작은 예수 되어 살기를 바람이여

머리로는 아는데
실행에 옮기지 못하는
지체장애인 같은 삶
강물에 흔들리는
불빛에도 못 미치는
나의 왜소함이여

춘삼월 만물이 어울려
창조주를 찬양하는데
나도 실족함 없이
함께 걸어갈
나와 내 이웃들의
작은 등불 하나 되고 싶습니다.

희비가 엇갈리는 세상사

한세월 유영(遊泳)하고
진액이 다한 잎사귀는
단풍잎 되어 떨어지니
한물간 농익은 열매도
퇴기처럼 물러난다

서녘에 지는 해는 강물 위에
윤슬같이 반짝이다
스러져 가는 물거품 같고
젊음을 자랑하던 청춘도
한 시절의 헛된 꿈길 같더라

한 세월 유유자적하다
계절의 순환에 얽매어
자연의 섭리를 이탈할 수 없는
옥죄어 오는 아픔이지만

시리도록 파란 하늘 아래
가을의 풍요로움 하나로
온갖 시름 다 잊어버리니
아름다운 가을
향기 어린 사랑
지울 수 없는 행복
희비가 엇갈리는 세상사더라.

바닷가에 서다

내 생의 찬란한 아침에
붉은 태양 힘차게 솟아오르고
은빛 물결 출렁이는 바닷가에 섰다

우리 살아가는 날 속에
바람 불고 파도치는 날은 없겠느냐
깨어진 조개껍데기 뒹구는 날은 없겠느냐

바다에는 이별의 아쉬움도 있다
다정하게 찍었던 발자국을 지우는 날
물거품으로 밀려오는 가슴 아픈 쓸쓸한 추억이 있다

하지만 바다에는 만남의 기쁨도 있다
갈매기 짝을 지어 먹이를 찾고
연인들의 콧노래도 흥겨워라

힘차게 밀려왔다 쓸려가는 파도
가슴 깊이 포효하는 환희
깊은 심호흡 후에 목청껏 소리쳐 본다

바다에는 재회의 기쁨도 있다
가슴을 울리는 뱃고동 소리
만선을 이룬 어선들은 부지런히 공동어시장 쪽으로 향한다.

상처

비수 꽂힌 말 한마디로
나만 상처받았다고 생각했고
그 상처로 인해
우울하고 쓰리고 아팠다

무심코 내뱉은 말 한마디
나의 행동 하나로
상처받을 다른 이는 생각지 못하고
내 상처만 생각했다

그땐 나만 있었고
남은 보이지 않았지
돌이켜 생각해 보니
먼저 용서할 마음이 생겼다

그래 내 마음만 바꾸면
심장이 녹아내리는 상처라도
내가 먼저 치유되고
서로 용서할 수도 있고
진정 사랑할 수도 있는데.

빛과 소망

그대와 나의 사랑은
우주를 건너 달려와
햇살 같이 찬란하여라

그대의 마음은
거울같이 맑아서
진실이
그대로 투영됨이여

그대의 빛은
불같이 뜨거워
나의 이기심을 소멸시키고

그대의 사랑은
나를 온전히 용서하여
나의 모든 허물을
덮어 줍니다

그대의 소망은
맹목적이 아니라
지극히 현실적인
햇살 같은 소망으로 키웁니다.

가을 열매

꽃이 진자리마다
영글어 열매 맺어가니
가을은 계절 중에
으뜸가는 축복의 계절이다.

꽃이 져서 봄이 떠나고
녹음이 져서 여름이 떠나고
갈바람 소리에 놀란 초목들
온갖 열매로 풍성하게 베푸니

감나무 가지 끝에
매달려 영근 가을
도토리도 대추 열매도
제 몫을 다하고

풍성한 가을 제단에
감사의 제물이라
님이 베푸시는 사랑에
흥겨운 노래가 절로 퍼지네.

오곡의 풍성한 열매는
수많은 사람과 동물의
겨울나기 양식이 되니
가을의 풍요로움은 축복이다.

인생은 영원하다오

손에 잡히지 않고 눈에 보이지 않으니
없다고 하지 말라 잡히지 않고 보이지 않아도
흔들림을 보면, 바람의 움직임을 알 수 있나니

그 누가 나의 신이 없다 할 수 있느냐
우주가 있고 세상이 있고 모든 만물이 질서 안에서
움직이지 않느냐

노도 광풍을 보고 질서가 없다 하겠느냐
땅이 흔들리고 분화구가 터진다고 질서가 없겠느냐
그 광풍 노도 속에도 신의 섭리가 있느니라

빈손으로 왔다, 빈손으로 돌아간다고 인생이 끝이랴
왔던 곳이 있으니 왔던 곳으로 돌아가나니
그래서 사람이 죽으면 돌아가셨다 하느니라.

태어나는 순간부터 시계의 초침 소리는
우리의 생명을 갉아먹고 내 인생의 한 조각이
그만큼 작아진다.

관속에 들어가 죽음을 실현해 보아도
우리의 무딘 신경은 그 깊이를 알지 못하고
누군가의 임종 소식 접하면 그제야 잠시 뒤돌아보네.

스쳐 가는 시간 속에 찬바람이 불 때에야
깊은 고독의 잔을 기울인다 그 누구도 죽음을 피할 수 없나니
'나는 길이요 진리요 생명이라, 주님만이 대안(代案)이라오.

만추의 계절을 보내면서

별들도 새벽이슬 맞으며
훌훌히 떠나는 시간
더 없는 그리움이 쌓이는
한기에 움츠러든다.

가을이 떠나도 잊을 수 없는 것은
가을의 화려한 공연 때문이요
그에 마음이 흔들렸기 때문이라
그 안에 잊지 못할 그리움 있어
내년에 다시 보자고 약속했지만
아직은 떨고 있는 가을 나무라

축제는 막을 내리고
거리엔 삭풍이 몰아친다.
다시 찾아올 거라는 생각에
긴 동면의 시간도 슬프지 않다
따뜻해진 봄바람은 다시 돌고
꽃 피고 새 우는 봄이 다시 오면
동면은 끝나고 다시 꽃은 피겠지

그때 봄바람은 다시 돌아오고
매화꽃은 향기를 품어내고
무희는 춤추고 환쟁이는
다시 그림을 그리겠지
진달래가 연분홍 치맛자락을
온 산허리에 수놓을 때
우리의 사랑도 한결 더 성숙해지겠지.

가을바람

가. 가을바람에 단풍잎
    낙엽 되어 떨어지니

을. 을씨년스런 달밤
    처량하고 쓸쓸하다

바. 바람마저 울적한 내 마음
    달래주지 못하니

람. "람바다"관능의 춤과 노래로
    이 마음 달래어 볼까.

* "람바다" : 브라질의 관능적인 춤과 노래

열대야(熱帶 夜)

잘 풀리는 집이라 쓴
두루마리 휴지가 있더라
세상만사 그렇게 술술
잘 풀리면 얼마나 좋을까!

장마가 그치자
습도 높은 무더위
조그만 일에도 쉽게 짜증난다.
인간은 그렇게 간사하더라

알면서도 제대로
제어하질 못하고
환경의 지배를 받으며
안 풀리는 것 남 탓으로 돌린다

삼복더위 잠깐 견디고 나면
시원한 가을일 텐데
내 마음 뜨락에는 곧 향긋한
국화꽃 피울 수 있을 텐데.

내가 너를 사랑하노라

아무도 모르게 다가왔음 이어
사마리아 여인의
메마른 가슴에 빗물처럼 스미어
청아하고 맑은 가락으로
자신도 모르게 자리한 그대
내가 너를 사랑하노라.

피아노의 스타카토 같은 멜로디
떨어지는 빗방울 같은 소리
언제나 가슴 깊숙이
숨길 수 없는 그리움으로
죄 많은 여인의 심혼을 흔드는 소리
'내가 너를 사랑하노라.'

여명이 밝아오는 아침에
햇살 가득한 창문을 열고
깊이 박힌 옹이처럼 숨길 수 없는
심장을 긋는 아픔을 참고
사랑의 향기 가득한 가슴을 열어
주여 내가 당신을 사랑합니다.

* 스타카토 : 한 음씩 매우 짧게 끊어 연주하는 것

제목 : 내가 너를 사랑하노라
시낭송 : 박영애
스마트폰으로 QR 코드를 스캔하면
시낭송을 감상할 수 있습니다

신분 상승

그랬었구나. 이거였어
가진 자들의 여유. 이런 거였어
신분 세탁을 하고 높은 수준에 앉아보니
누가 뭐래도 기분 나쁘지 않은 거
다시 잃고 싶지 않은 날개였어
하늘과 달과 바람도 부럽지 않은
온갖 것을 누리는 자들의 여유
이런 거였어

그러나 부자는 부자대로 걱정
가난한 자들은 가난한 대로의 걱정
주리고 배부름은 비록 다르나
가진 자들은 가진 만큼의 규칙과 통제 속에서
스스로 옥죄이며 사는 거야
세상에 공짜로 주어지는 것은 없어

바라건대
가난과 부자 모두 원치 아니하고
가난하여 남의 것 탐하고
부하여 남을 멸시하지 않는
그런 사람으로 사는 것
그런 사람이 되고 싶어

* TV연속극 참조

가을비

가을비가 연 이틀째
하염없이 내립니다
귓바퀴에 매달리는 빗소리
연인의 속삭임처럼
달콤하게 마음을 적시고
때로는 가슴 깊숙이 파고들어
엄마의 사랑을 보채는 아이처럼
온종일 징징댄다.

가을비가
이별의 아쉬움에
가슴을 적시듯
쉼 없이 숨죽여 내린다
아픈 영혼의 생채기
폐부 깊숙이 괭이처럼 박혀
짙은 가슴앓이로 채운다

녹색의 청춘
얼마 남지 않았노라고
속으로 곰삭히는 눈물이다
덧없는 생을 향한
질곡의 눈물이다
한없는 사유(思惟)에 대한
회한(悔恨)의 눈물이다.

향기로운 사람

향기로운 사람은
세상 가장 아름다운 꽃처럼
향기를 만들기 위해서
자신을 끊임없이 담금질한다.

명품으로 꾸미지 않아도
결코 비굴하지 아니하며
겸손히 남을 높이고
남을 배려하고 세워주는 사람

자신만을 위해 살지 않고
이웃에게 상처를 주지 않고 희생하는 사람
누구도 얼굴 찌푸리지 않으니
희생과 사랑 없이는 향기도 없으리.

마음이 향기로운 사람은
그 말씨에도 향기가 납니다
그 향기는 천리도 가고
만 리까지도 갑니다

다 잘하다가 하나에 그치면
물거품이 될 수 있으니
인생에서 가장 중요한 것은
마지막까지 향기로운 삶이다.

내 마음의 꽃

꽃은 꽃밭에만
피는 것이 아니라
마음 밭에도 피나니
그대 마음 밭에는
어떤 꽃이 피었나요.

예쁜 꽃 한 송이는
열흘을 못 가지만
아름다운 마음 꽃은
한평생 피지요

아름다운 꽃향기는
한철에 불과하나
마음에 꽃향기는
한평생 지지 않네.

마음에 핀 꽃송이
향기로운 꽃으로
영원히 지지 않을
꽃이 되고 싶어라.

밤중에 노래하게 하시는 하나님

주께서 날 빚으시고 주의 자녀 삼으시어
영광의 옷으로 덧입히시니 이 사랑 견줄 데 없구나

인생 고락 한평생을 고통 자체만 생각하고
허공에다 부르짖어 봐야 고통의 밤은 깊어질 뿐이다

밤은 환란이라도 주 함께하면 쉼이요
내일은 희망이라 인생의 밤을 통과하는 자
하나님께 의탁하면 쾌청하리라

밤중에 노래하게 하시는 하나님 항상 나와 함께 하시니
어두운 밤일지라도 고난 속에서 성숙해 간다

우물에 물이 없어 물이 안 나오나요
펌프가 말랐기 때문이라
기도와 찬양의 마중물을 부어라
은혜의 물은 힘차게 솟아오르리

우리네 인생 고난의 연속이요
절망이 가로 놓인다 해도 하나님은 형형색색으로
우리를 도우시나니 은혜의 단비가 끊임없이 내려 적시도다

인생 고난의 한밤중에라도
"바울과 실라는 밤중에 기도하고 찬양하니
쇠사슬이 끊어지고 옥문이 열렸도다"
속절없이 죄 많은 인생이라도 주께 부르짖으면 채우시리라.

* 욥기35장9절 11절

처음엔 별로였으나

처음엔 별로였으나
오래 갈수록 향기롭고
가까이할수록 정감이 가는
네가 좋다

한눈에 반하진 않았으나
세월이 갈수록 진미가 흐르고
나를 향한 사랑이 가랑가랑하니
네가 좋아진다

별로 마음에 차지 않아도
한결같이 내색하지 않고
바라봐 주는
네가 정말 좋아진다

허물을 덮어주고
위급할 때 황급히 달려와
하늘이 무너질세라 부축하는
네가 정말 사랑스럽다.

* 가랑가랑 : 액체가 많이 괴어 가장자리까지 거의 찰 듯한 모양

아파트에 걸린 달

현실의 바깥쪽 어딘가에
상상의 나래를 펴며
고단한 삶을 털어낸다

주황빛 둥근달은
거대한 시공간에 맞추어
간밤에도 몰래 다녀왔겠지

어제 있던 그 자리에
오늘도 있지만
언제 어디를 돌아왔을까?

하늘나라에 계시는
울 어머니 만나
자식들 안부 전하고 왔을까

하! 그리운 얼굴
젊은 시절의 곱디고운
그 모습을 하고 계실까

아직도 자식 걱정에
불같이 뜨거운 꽃 심장이 되어
하늘의 하나님께 기도하고 계실까

이생에 정 끊지 못하여
슬픈 파도에 자맥질하는
끝없는 긴긴 기도를 드리고 계실까

저 달은 어머니의 얼굴 같은데.

그대 날 찾아오리

꽃샘바람 차가워도
나목의 끝자락에 걸린 달은
사랑과 믿음마저 저버리진 않았다
조여 오는 삶에 굴레를 뒤집어쓰고
가슴 아파하며 퇴장하는가.

적적하고 고요함에 잠긴 달빛은
모든 세상의 분요(紛擾)를 잠재우듯
온화하고 부드러운 모습이라
시리도록 차가운 새벽 한기에도
얼어붙지 않으니

내일을 바라는 소망 있어
모든 것을 참고 인내함은
그대의 자리에 그대 모습 있음이니
그대를 바라는 믿음 외에
평생에 그 무슨 다른 소망 있겠느냐.

그대가 남긴 자리 바라보니
동녘에 여명이 밝아와
그대의 투영된 모습은 흐리어가도
황도십이궁이 아침 치솟는 태양에
가리어져 희미하여져 가지만
그대 태양은 길을 밝혀 날 찾아오리.

* 황도 십이궁 : 춘분점을 기점으로 황도대를 12구간으로 나눈 것

연꽃

진흙 속에서 솟아오르되
더러움에 물들지 않고
언제나 수면을 가린 연잎
물 한 방울 튕겨도 또르르 구르는
연잎 위로 꽃 대궁을 올린다.

맑은 하늘 보아도 부끄럽지 않게
티 없이 맑고 깨끗함이어라
꽃 대궁 꼿꼿이 고개 들어도
온화한 자태 정숙하게 곱게 핀 연꽃
쉬 기울일 수 없는
위엄 있는 렌트사

그 향기 바람에 실려
백 리를 가고 천리를 가
새물내 맡고 찾아온 수많은 사람
심신이 정화되어 욕심에서 벗어나니
맑은 물 부용지(芙蓉池)에
연꽃으로 피겠네.

* 꽃대궁 : 식물의 꽃자루가 달리는 줄기 (꽃대)
* 렌트사 : 활짝 핀 연꽃 문양이 있는 잔
* 芙蓉池 : 성 밖 을 둘러싼 연못
* 새물래 ; 빨래하여 이제 막 입은 옷에서 나는 냄새

빛과 그림자

빛과 그림자 서로 공존하지만
그림자가 바로 어둠이라
사리 분별을 똑바로 하라

빛과 어두움은 서로 뒤 섞이지 못하나니
빛이 나가는 곳엔 어두움이 사라진다

빛은 생명이요 어둠은 죽음이라
빛없이 만물이 존재할 수 있더냐?

빛이 있는 곳에 어둠은 달아나고
그림자는 물러난다

어둠과 그림자는 동일한 것
둔갑시켜 역설치 말라
테너 가수의 우렁차게 부르는
O, Sole Mio가 들린다

오 나의 태양이여.

"나는 세상의 빛이라 나를 따르는 자는 어두움에 다
니지 아니하고"(요한복은 8장 12절).

"내가 곧 길이요 진리요 생명이니 나로 말미암지 않
고는 아버지께로
올 자가 없느니라."(요한복음14장 6절)

보이지 않는 손

이 세상에는 세상에 공헌한
보이지 않는 손이 너무나 많으니
약 5백여 년 전 바티칸 성 베드로 성당의
'천지창조와 최후의 심판'을 그리고
수많은 조각품을 남긴
미켈란젤로의 손을 보았는가

약 4천7백~5천여 년 전
이집트의 피라미드를 만든
수십만 명의 노예들의
손을 본 자 있더냐
작금에 이르러 미이라를 만든 자들의
손을 본 자 있더냐

전깃불을 발견한 에디슨
전기를 만든 프랭크스
증기 기관차를 만든 리처드 트레비식
비행기를 만든 라이트형제
수많은 발명품을 만든
과학자들의 손을 보았는가

이 광대한 우주 만물에도
만들고 운행하시는
보이지 않는 조물주의 손이 있나니
인간이 만든 것들은 부딪치고 부서지지만
그분이 만든 것들은 질서가 있고
그분의 통치권 안에 있도다.

* 하나님이 말씀으로 만물을 창조 하셨으나 여기서는 시제에 맞추기
위하여 우리의 뒤에서 역사 하시는 하나님의 손으로 나타낸다.
*피라미드는 수십만 명이 만들었으나 연인원으로는 수천만 명으로
추측함.

마음이 가난한 자의 복

내가 유명 시인의 컴퓨터 모니터가 되고
키보드가 되어 아름다운 명시가 탄생하길 바랄까

내가 피아노 건반이 되어 설레는 가슴으로
유명 피아니스트의 손길이 나비같이 춤추기를 바랄까

대 조각가 앞에서 나신의 대리석이 되어 조각가의 손길이
나를 훌륭한 조각품으로 만들어 주길 바랄까

신혼의 첫날밤을 맞아 사랑하는 임의 손길을 기다려
생명의 신비를 잉태하는 복 받은 신부의 밤이 되길 바랄까

이 모두는 나 스스로 혼자 할 수 없기에
자신을 낮추어 마음이 가난한 자 되기를 꿈꿀까?

벌과 나비

꽃잎으로 두른 집
벌 나비는 며칠을 드나들며
열애에 빠졌다
앉았다 날았다 앉았다 날았다

꿀을 빨았다
온몸을 파르르 떨며 열심히 빨았다
날개를 팔랑이며 온몸을 꼼지락
사랑에 빠졌다

얼마나 될까
꿀을 내어 주고 희망으로 쌓이는 꽃가루
다리와 몸통에 묻혀
암술과 수술에 비벼댄다

창조주의 손길이 도운다.
살 오른 꽃잎이 터지고
경건한 의식이 끝나면
씨방엔 씨앗의 알갱이가 탄생한다

사르르 벌이 날아오른다.
나풀나풀 나비가 날아오른다.
꽃잎은 이내 시들어 떨어진다.

귀하게 빚으시는 생명

아침에 뜨락에 나서니
새로운 꽃 한 송이 피어 있다
겨울의 긴긴밤을 견뎌온
침묵 속에 보옥 같은 생명이다

봄은 숱한 꽃들이 시들어 낙화하고
또 다른 꽃들이 피어나
빈자리를 채운다
만상은 그렇게 이어가나 보다

생명의 탄생은 진귀하다
축하 노래 하나 불러주지 못했는데
간밤에 바람 소리 하나 없이
조용히 나의 뜨락에 피어 왔네

어떤 모양일지 마음이 궁금하여
땅을 헤집던 조급함은
나의 깊은 어리석음을
바로 일러 주는 진리

조물주의 능력을 지긋이
기다리면 알 수 있으니
생명은 귀한 것이라고
땅에까지 창조의 능력으로 피어나
나의 무지함을 깨우치네.

우리의 사랑

우리의 사랑은
같은 방향입니다

그대와 나의 사랑은
저 높은 곳을 향하는
변함없는 믿음이요

일출을 기다리는 새벽 여명 같은
너무도 아름다운 기쁨입니다

세상살이 어렵다 해도
우리 두렵지 않음은

그대와 나의 사랑은
상처 나고 기진할지라도
상대를 세워 주기 때문입니다

이기적인 세상 속에서도
서로를 생각하는 희생이요

우리의 사랑이 영원한 것은
서로를 위한 헌신이기 때문이며

우리의 사랑은
서로를 향한 믿음이기 때문입니다.

그대는 나의 별

그대는 나의 별이 되어 떴습니다.
한량하고 쓸쓸한 이 땅에
여명이 되어 주위를 밝힙니다.
한 줄기 빛이 되어 나를 인도합니다.

나침판도 없이
해와 별을 보고 길을 찾던
항해사들처럼
나는 오늘도 빛과 그림자를 보고
길을 나섭니다.

별이 구름에 가린
캄캄한 밤에도
나는 길을 갈 수 있습니다.
그대가 나의 앞에서
별처럼 빛나기 때문입니다

나는 깊은 밤
꿈길 속에서도
그대를 찾아 나섭니다.
나의 꿈속에서도
그대 나의 별로 빛나기 때문입니다.

바다

오늘 같이 무더운 날이면
시원한 파도 넘실거리는
바다가 그리워진다.

바다는 모든 생명의 모체
이것은 생명의 시작이었다.
우리는 어미의 자궁 속에서
바닷물과 흡사한
양수로 둘러싸여 자랐다

나는 다시 바다로 가련다.
그곳에서 어미의 심장 소리를 듣고 싶다
테트라포드에 부서지는 물거품
거센 파도 소리, 갈매기 울음소리
바다는 우리의 고향이다

삶이 험난하여 힘들 때
바다를 찾아가 보라
힘차게 넘실거리는 파도
끊임없이 밀려왔다 쓸려가며
승리자의 노래를 부르고 있지 않은가

가슴에 답답한 구름 떠돌 때
쏴 울어대는 파도 소리는
자식 걱정에 울던 어머니의 울음소리다
철썩철썩 선착장에 부딪히는 저 소리
집 나간 아버지의 가슴 터지는 소리다.

틈새의 잡초

너는 어찌하여 잡초가 되었나
잡초 중에서도 하필이면
길가 담 밑과 아스팔트 사이
주차장 시멘트 바닥의 틈새를
비집고 나오다 짓밟히고 짓이겨져도
어느새 아물고 다시 살아나 고개를 드는 너

아무도 알아주는 이 없어도
인고의 한평생을 숨죽이고
상처를 싸매며 몸을 추스르다
때가 되면 영락없이 씨앗을 잉태하니
네 끈질긴 생명력은 어디서 났느냐

누가 너를 하찮은 잡초라 하겠느냐
풀 중의 풀이요 꽃 중의 꽃이로다
이만한 충절을 어디서 찾으리오.
너야말로 제 몫을 다하고 사명을 다하여
조물주의 바람을 충족 시켰으니
이만한 충절을 어디서 찾으리오.

마천루

땅이 비좁아 하늘로 솟았나
강물에 일렁이는 불빛이
물구나무를 선다

파리의 에펠탑은
밤이면 황금 탑이 되어
관광 명소나 되었지만

수지 타산에 맞추어
고층 아파트만 짓다가
낡으면 더 높은 마천루를 짓겠지

마천루가 낡으면
더 높이 오르다
하늘을 찔러 별을 딸까

인간의 오만과 끝없는 욕심
일찍이 무너진 바벨탑을 잊었는가
올려다보니 현기증만 나는데

신이 노하여 한번 흔들어버리면
인간의 오만과 욕심은
또 어디를 비집고 솟아오를까.

희망 인생

사람에겐 누구나
단애 절벽이 있고
험준한 산과 깊은 수렁이 있다

그것이 내가 가야 할 길이라면
아무리 험하고 어려워도
수만 리를 에둘러 가든지
땀 흘려 기어오를 수 있다.

절박함이 없으면 쟁취하지 못하니
목마른 이가 우물을 판다
해보지 않고 탄식부터 하랴
용기를 내어 열심히 부딪쳐 보자

분수에 맞는 작은 소망은
아름다운 희망의 꽃으로 피어나리니
희망을 품고 열심히 노력하는 자는
하늘도 감당하지 못하네.

유유상종

키 작은 소나무는 너무 큰 소나무를 택하지 않고
저보다 조금 더 큰 소나무 옆에 자리를 잡았다

햇볕을 따라서 남보다 먼저 올라가려다 보니
기다랗게 몸뚱이는 가늘어지고
힘없이 왜소하다 보니 넘어지지 않으려
큰 나무에 기대어 올라가는 법을 배웠네
그래야 햇볕을 많이 받아 유리하다는 것을 안다

아예 밑은 내려다보지 않고 키 큰 나무에
의지하여 백 년을 하루같이 살았다
드디어 따라잡았다 키 큰 나무는 깜짝 놀랐다
얕보던 키 작은 나무가 머리 위에 자리를 잡았다

햇볕의 절반을 왜소한 나무가 차지했다
새들도 숲속에 집을 짓고 노래하고 종족을 번식한다
세상은 유유상종만으로는 부족한 것이라고
경쟁하고 노력해야 한다고 지나가는 바람이 일러 주었다.

가을 예찬

그대의 시선이 머무는 그곳에
흰 구름이 한가롭게 떠돌고
그윽한 깊은 눈매에는
시원한 가을바람이 머문다.

오곡백과 풍성한 가을
농심은 가을걷이에 바쁘고
코스모스 핀 길가엔
붉은 고추잠자리 맴돈다.

오색 단풍 고운 옷
차려입은 그대의 가슴 언저리엔
마지막 정열의 불을
활활 태운다.

가을은 결실의 계절이라
우리 인생도 풍성하게
생육하고 번성하니
행복의 미소가 절로 아름다워라.

만추의 가을비

오솔길 수북이 쌓인
융단 같은 낙엽 위로
가을비 겨울을 재촉한다.
빈 가슴 휭하니 비어
오색단풍 시린 한기로
마른 잎 되어 바스러질 때
손에 쥔 것 아무것도 없이
빈손으로 가는 인생이라고
늦은 가을비는
그렇게 온종일 슬픈 애가를 부르며
하염없이 내립니다.

낙엽을 밟으며 걸어온
계절의 흔적으로
여위고 주름진 가슴 위에
남은 잎마저 한잎 두잎 떨어질 때
이생에 연모하던 모든 것 떨쳐버리고
부활의 그날을 기대하며
미련 없이 살다 가라고
만추의 가을비는
늙어가는 가슴에도
소망의 노래로 위로하며
끊임없이 내립니다.

제목 : 만추의 가을비
시낭송 : 박영애
스마트폰으로 QR 코드를 스캔하면
시낭송을 감상할 수 있습니다

115

노을

서산에 지는 노을은
모든 것 기꺼이 용서하고
관용하고 포용하던
어머니의 모습이다

비겁한 것을 보고 참지 못해
하늘 끝까지 솟구치다
수직으로 떨어지는
아버지의 발갛게 물든 열정이다

무언가 부끄러운 듯
뒷산으로 스러져가는
불그레한 노을빛은
누이의 순수한 부끄러움이다

온누리 은은히 밝히는 노을의
농익은 홍주의 빛과 맛처럼
내 인생 마지막을 노을같이
활활 태우며 살아가리라.

일구월심(日久月深)

인생 나그넷길에
님께서 나의 벗이 되면
아침의 작은 새소리조차
청아하게 들리리라

하늘에 떠 있는 만월을 보면
수많은 별이 반짝이며 웃으리라
오늘은 흐림이래도 내일은 맑음이니
하늘의 천사들도 함께 웃어주리라

늙어가는 가슴에도 소망의 노래 있어
새로운 세계를 향한 신실한 꿈
환히 열리는 설렘으로 기다림이여

세월의 깊음에서도 상사화처럼
긴 기다림의 꽃대를 밀어 올리며
날이 오래가고 달이 깊어
세월이 갈수록 더해지나니

여명이 밝아오는 아침에
희망으로 피어나는 일편단심이어라.

*일구월심: 날이 오래고 달이 깊어 간다는 뜻으로 날이 갈수록
　　　　　바라는 마음이 더욱 간절해진다는 말

인생무상

한 해 두 해 세월은 흐르고
칠십여 년이 지난 어제 같으며
밤의 한순간 같음이여

지난날을 회상하며 추억함이
어찌 그리 허허로운고
내 청춘은 다시 돌아올 수 없고
마르고 껍질뿐인 육신은
앙상한 나뭇가지에 매달렸다
마지막 떨어지는 낙엽이라

우수수 떨어지는 낙엽 소리에도
놀라 귀를 쫑긋거리니
하얗게 센 머리카락만 휘날리고
아침에 꽃이 피어 자라다가
저녁에 시들어 마르나니
인생이 이름 없이 피었다 지는
야생화와 무엇이 다르랴

내 젊은 날의 청춘을 회상하며
그리워하지만
차라리 지워버리지 못하여
추억만 남았어라
나의 한평생이 순식간에 다함이여
이것을 부정하며 잊으려고만 하지 마라.

이래도 한세상 저래도 한세상
음주 가무로 다 잊고 살다 가자 하지만
아니라 경성하여 일어서라
두 다리에 힘주고 바로 서야 하리니
이것을 바로 아는 자가 지혜 자라네.

자족하는 삶

사람이 자족할 줄 모르면
그 어떤 귀한 것을 가진다 해도
마음에 차지 않음이여

천국에 앉아서도
너무 편하다고 불평할 사람
아무리 많이 가져도
만족함이 없으면
빵 한 조각을 가지고
감사 기도 드리는 자보다
가난한 자이니

많이 가진 자들과 비교하지 말아요
나보다 못한 자를 보고
자족하며 베풀 줄 아는 사람
그가 진정 부자라오

* 빌4:11 내가 궁핍하므로 말하는 것이 아니니라 어떠한 형편에
든지 나는 자족하기를 배웠노니
* 빌4:12 나는 비천에 처할 줄도 알고 풍부에 처할 줄도 알아 모
든 일 곧 배부름과 배고픔과 풍부와 궁핍에도 처할 줄 아는 일체
의 비결을 배웠노라

내 영혼의 기도

맑고 순수한 영혼이게 하소서
거짓 없이 영혼을 사랑하게 하시고
말씀에 어긋나지 않은 삶을 살게 하소서

내가 힘들 때 조심스러운 마음으로
자신을 돌아보아 나를 다스리게 하시고

다른 이의 조그만 친절에도 감사를 잃지 않게 하시며
힘들어하는 자에게 희망을 전하게 하소서

한 번의 실패를 거울삼아
두 번 넘어지지 않게 하시고
실패를 두려워하지 않게 하시며
재도전할 수 있는 담대함을 주소서

사방이 막혀 낭패 당할 때
하늘의 하나님께 기도하게 하시고
위로도 통할 수 있음을 체험하게 하소서

새벽을 알리는 알람 소리가
아침을 깨울 때 영원히 지지 않을
소망의 꽃으로 내 영혼 피어나게 하시고

칭찬과 비난에도 흔들림이 없는
맑고 고운 겸손과
확고한 신앙을 허락하여 주소서.

제목 : 내 영혼의 기도
시낭송 : 박영애
스마트폰으로 QR 코드를 스캔하면
시낭송을 감상할 수 있습니다

믿음과 소망

세상을 슬픈 눈으로 바라보지 마세요
힘겨운 십자가는 누구에게나 있답니다

마음을 가다듬어 믿음과 소망을 두고
소담스럽게 예쁜 미소 지어요
주위를 밝히는 빛이니까요

믿음과 소망은 한 단계 높은 성숙이니
새로운 세계를 지향하면서
사랑의 작은 불씨를 피워 올려요

믿음의 눈으로 바라보니
감사가 아닌 것이 없고
소망이 아닌 것이 없고
믿음과 소망은 언제나 행복이었소.

"나는 내일 세상의 종말이 온다고 해도
나는 오늘 한 그루의 사과나무를 심겠다."

삼월의 기도

서슬 퍼런 꽃샘추위에도
때가 되면 새싹이 돋고 꽃을 피운다
지난해 말라간 꽃, 그 가지에
희망의 꽃을 피우는 새로운 부활
꽃봉오리마다 맺혀오는 환희

당신의 은총으로 피는 작은 생명
바람 타고 날았던 홀씨들로
당신의 섭리에 순응하며
새로 돋고 소생하는 연둣빛 잎새
다투어 피는 꽃을 닮게 하소서

때를 따라 해마다 부활하므로
영원을 살아가는 꽃이기에
여린 생명 다하여진다 해도
바람에 날려 보낼 내 작은 기쁨의 꽃씨
당신께 영광 돌리는 작은 생명

흔들리는 마음의 부족한 믿음을
친히 부활하심으로
내 마음을 견고케 하는 당신
내 조용한 결단의 숨소리 거두어
영롱한 진주같이 가슴에 품게 하소서.

호스피스 병동

죽음의 그림자 드리워진
호스피스 병실
창백한 얼굴
극심한 고통에
무너져 내리는 절망

어서 주님께로 가고 싶어라
고통이 없는 세계로 가고 싶어라
죽지 못해 사는 게 지옥이다
뼈마디마다 세포 하나하나에
극심한 통증

마약 진통제(모르핀)를 주유 받으며
진정되자 눈물이 고인다
생과 사의 갈림길에서
한 올 한 올 지워지는 미련
사랑하는 이 남겨두고 떠남도
아직 못다 이룬 꿈들도 지운다

아침이슬처럼 사라질 운명
나와는 상관없는 줄 알았다
스치듯 지나가는 바람 소리가 아니었다
멍하니 어디서 본 듯한
핼쑥한 육신의 껍질을 본다

허물어져 가는 육신
사랑하는 이도 놓아 이별하는
잠깐 보이다가 스러지는 안개
훌훌 털어버리고 흔적 없이 가리라
자유롭게 떠다니는 영혼이 되어
꿈에도 그리던 낙원으로.

구절초

가을바람 싱그러운
인적 드문 산야에 곱게 피어

낮에도, 달 밝은 밤에도
외롭게 은은한 향기 풍기며

보고픈 사랑 애달픈 그리움을
속으로 채우다 새하얗게 피었나

산들산들 스쳐 가는 갈바람에
한들거려 춤추는 구절초

모든 상념 다 삭이고 흐르는
티 없이 맑은 여인의 사랑이여

이상하게 너에게 매료되어
한동안 쪼그리고 앉아
시간 가는 줄을 몰랐구나

어느덧 땅거미 지고 풀벌레 소리
심금을 울려 나를 깨우니

가냘프고 청초한 너의 모습 안에
가을은 한층 더 성숙해간다.

이 가을엔 우리 서로 사랑하자

이 가을엔 우리 서로 사랑하자.
봄. 여름. 동안 다하지 못한 사랑
이제라도 황혼 같은 이 계절에
우리 서로 사랑을 이루자.

겨울이 닥치기 전에 곳간을 채우자
사랑이 아니면 고독의 잔을 마시나니
눈물이 내 영혼에 흘러내리기 전에
우리 서로 사랑하자.

한평생 살면서
미워하고 상처 주고 상처받으며
괴로워하고 산다면 얼마나 불행인가.
사랑하며 살아도 모자라는 짧은 인생

하나님이 정해준 우리의 인생길
허무하게 다하기 전에
우리의 가슴마다 어울리는
사랑의 웃음으로 가득 채우자

속에서 우러나오는 사랑이
우리의 주름진 얼굴에 흘러
윤기 흐르는 온화한 얼굴로 늙어가자
사랑을 머금은 얼굴로 곱게 곱게 늙어가자

사랑의 "세레나데"가 없어도 좋다
우리 영혼에 풍성한 은혜로
주님이 이미 사랑의 "세레나데"를
들려주었고 보여주었으니

친구여.
이 가을엔 우리 서로 사랑하자.

설중매(雪中梅)

누가 너를 설중매라 이름했는가
대한을 앞두고 삭풍이 몰아쳐도
아름답고 고결하게 피어나니
이름값을 하는 꽃 중의 꽃이로다

심장에 솟는 혈류 얼마나 뜨거우면
한겨울 설한풍 뒤집어쓰고 필까
너의 아름답고 고귀한 기품은
매난국죽 사군자의 으뜸이로다

진홍 꽃잎 피워 꽃술을 열었건만
오라는 벌 나비는 아니 오고
눈바람만 불어와 감싸 안아도
곧은 절개 고결하여 바르르 뜨나

새벽녘의 찬바람은 얼마나 괴로우랴
하현달 창호를 호젓이 비춰 드니
달빛 따라 들어와 쉬었다 가렴
햇볕이 나거든 나, 고이 보내 주리라.

* 만개한 매화는 2017년 1월 18일 만덕 1동 사무소 앞에서 보았
으나 설중매 이미지는 인터넷을 통하여 보았습니다.
홍매화는 저희 집 뜰에 2월 13일에 만개하였음.

용서

용서는 절대 사랑이며
원수까지 사랑함은
최고의 사랑 임이여
일흔 번씩 일곱 번이라도
무한히 용서하라 하셨나니

우리는 이미 더할 수 없는 것을
용서함을 받았으니
다른 이에게 용서할 줄 아는
넉넉함이 있어야겠습니다.
그리할 때 자신도 다른 이로부터
용서함을 받을 수 있으리니

용서를 구할 때
진정한 용서가 있음이여
용서를 빌지 않는데
일방적으로 용서해 준다면
인간인 이상 우리는 어느 순간
그 일이 떠오를 수 있음이라

원수까지 사랑하는 용서는
인간에겐 쉽지 않기 때문이요
우리는 서로서로
자기 잘못을 시인하고
용서를 빌어야 하며
다시는 생각지도 않고
깨끗이 용서를 실천해야 할 것입니다.

관심은 사랑이다

관심은 너와 나를
연결하는 사랑입니다
서로를 이해하고
알아가는 것은
관심이요 사랑입니다
무관심은
사랑이 없기 때문입니다

그러나
지나친 관심은
상대를 불편하게 하며
무례를 범하기 쉽습니다
참사랑은
무례히 행치 않는 것입니다

적당한 거리를 두고
지속해서
관심을 가지세요
상대의 관심도
얻을 수 있으니까요.

가나안으로 가는 길

세월의 파도 위에 몸을 맡기고
믿음의 돛단배 하나 띄워
저무는 낙조를 배경으로
새로운 땅 가나안을 찾아
수많은 세월을 항해해 왔소

주님 나의 사공 되시니
혼자 떠난 외로운 길은 아니라오.
물결치는 대로 떠밀려 가는 배는
언제쯤 항구에 닻을 내리고
정박할 수 있을까
이 세상에 가나안은 어디에 있소

사랑하는 이는 이미 떠났고
항구에는 회색 갈대와
길 잃은 철새 한 마리 남았소
우리가 정박할 포구는 어디인가
고통과 슬픔만 존재하는가

번쩍이는 창검과 망치 소리에
갈가리 찢긴 육신을 엮어
소망의 닻을 감아올리니
내가 찾던 가나안은
태양의 극 중앙을 넘어 새 하늘과 새 땅에 있었소.

가을은 깊어만 가고

가을은 깊어만 가고
마음은 왜 이리 스산할까요
단풍잎 곱게 물들지 못하고
완숙하기도 전에 마른 잎으로
낙엽 되어 바스러진다

지난해 이맘때에는
노랑 단풍 빨간 단풍
어울려 곱게 채색되었는데
여름의 폭염에 목이 탔던가
갑작스러운 이상저온 탓인가
서둘러 낙하한 잎새

한껏 기대하며 찾아간 해인사
높고 아름다운 산세와 어울려
천년 고찰은 웅장하나
수많은 관광객의 떠드는 소리는
수도승의 깨달음만 방해하고
팔만대장경은 감옥에서 하품만 하네

인생 고해의 바다를
앞서거니 뒤서거니 헤쳐 나가
어제 만났던 친구
오늘 보이지 않으니
산은 옛 산이로되
사람은 옛사람이 아니더라.

홍매화 봄을 기다리다

손발이 얼어 터지는
한겨울 설한풍에
떨고 있는 나목은
간절함으로 기다립니다.

빨간 핏방울처럼
멍울진 꽃봉오리
활짝 피우려 하여
꼭 움켜쥔 주먹에 힘을 줍니다.

고독한 기다림을 하늘로 날리며
황량한 어두움에 꿈을 묻고
가슴 스미는 한기에
몸을 움츠립니다.

얼어붙은 가슴에 온기를 전할
양지바른 언덕 밑에서
졸고 있는
따사로운 임을 기다립니다.

말로도 글로도 풀지 못할
한없는 사유(思惟)에
자맥질하는
조용한 몸부림입니다.

*매화는 꽃봉오리를 빨갛게 내민 채 겨울을 납니다.
*사유 : 생각하고 궁리함

 제목 : 홍매화 봄을 기다리다
시낭송 : 박영애
스마트폰으로 QR 코드를 스캔하면
시낭송을 감상할 수 있습니다

133

행복은 내 마음속에

쉼 없이 흘러가는 세월 속에
사랑과 기쁨의 샘물
흘러넘치게 하라

그러면 외로움도 아픔도
풋사과 같은 우울증도
사라지는 은총의 삶이 될 것이니

내 마음속의 욕망의 검불
떨쳐 버리고 비운 마음속에
지금 가진 것으로 만족하라

행복하므로 웃는 것이 아니라
웃기 때문에 행복해 지나니
아하! 나는 행복 자로다

세월이 일깨워 주는 대로
나보다 못한 이를 바라보라
나는 얼마나 축복받은 사람인가

잠자리에 들기 전에 감사하고
자고 일어나서도 살아있음에
기쁨으로 감사하는 마음

행복은 나 스스로가 만드나니
그는 삶이 주는 나이테만큼이나
행복의 근원을 아는 지혜로운 자이다

희망의 작은 기도

차가운 겨울비를 맞으면
뼛속 깊숙이 한기가 들고 아리다
무심한 겨울의 흔적이 폐부 깊숙이 파고든다

오늘 나를 스친 모든 인연이
나의 작은 기도를 통하여 위로를 얻고
시린 마음에 온기를 얻게 하소서

추억의 거리에는 음악이 흐르게 하시고
쌀쌀한 바람은 멀리 물러가게 하시며
서로의 거리가 따뜻한 불씨로 데워지게 하소서

겨울비 내리는 차가운 새벽에
일터로 향하는 사람들의 발걸음이
휘날리는 빗발처럼 가볍게 하여 주시고

오늘도 삶에 길이 막막한 자들에게
무심히 지나치던 자리에서 용기를 주는
희망의 작은 기도 멈추지 않게 하소서.

겨울 동백

하필이면 한겨울에 꽃을 피워
차가운 얼음, 꽃송이에 품고
온밤을 지새워 기다릴까요

올해는 오시려나 얼어 핀 설화
연(連)을 맺어 평생을 살고 싶건만
북녘에서 눈꽃설화 소문만 무성하네

언제나 오실까 낭군 같은 임
이 꽃이 지기 전에 어서 오셔요
허망한 삶 짓물러 스러지기 전에

오늘 밤 당신이 오신다 해도
낭군의 품속에 꽁꽁 얼어 있어
한 송이 설중화로 피고 싶어라.

희망의 아침

기다리는 마음을 절망으로
믿음 없이 다 허비하면
내일의 희망은 오지 않겠지

세상 모든 것이
모두 다 그대의 마음속에 있으니
마음씨가 햇볕같이 따뜻하면
말도 행동도 향기가 나고
그대의 표정도 밝아지리라

밝은 표정에 희망이 따르나니
미움으로 담을 쌓으면 쉽게 허물어지고
사랑과 긍정으로 채워 가면
모든 일이 잘 풀리고 든든히 서리니
믿고 바라라 그대의 것이 될 것이라

믿고 두드리면 그대 손안에 있으리니
모든 것이 믿음 안에서 이루어진다
오매불망 기다리는 일편단심으로
전심으로 믿고 순응하며 인내하면
희망의 새 아침이 밝아 오리라.

성탄의 밤을 맞으며

성탄의 종소리 울리기 전에
미움과 시기와 다툼이 물러가고
우리에게 믿음과 용서와
사랑이 가득하게 하소서

힘들고 지친 자
실의에 빠져 있는 청년 실업자들
가난한 소상공인들 자영업자
소외당하는 이들을 돌아보게 하시어
희망의 강물이 흐르게 하소서

낮은 곳으로 임하신 당신의 이름으로
하늘의 은총 입은 모든 자가
받은 은혜를 나누어 행복과 감사로
넘쳐나게 하옵소서

범죄 하므로 잃어버린 실낙원(失樂園)을
백성이 하나 되어 복낙원(福樂園)을 이루고
회복하여 자손만대에 복을 받는
나라 되게 하옵소서.

아침은 반드시 찾아오리니

실패하는 사람은 실패를 안고 있어요
처음부터 뿌리 없는 나무를 붙잡았으니
같이 넘어질 수밖에 없잖아요

실패를 통하여 더욱더 굳세어지나니
스스로 일어나는 사람에게만 성공입니다
일어나지 못하고 절망하는 사람은
영원히 일어날 수 없으니 일어서세요

절망의 늪에 빠져서 허우적대지 마세요.
겁내지도 말고 좌절하지도 실망하지 마십시오.
실패는 성공을 불러오나니
절망에서 늪에서 깨어나 다시 도전하면
희망의 아침이 밝아 올 테니까요

실패는 내 삶의 자산이 되어 줄 수 있으니
그로 인한 고통과 자학의 긴 밤을 보내지 마세요.
실패가 성공의 디딤돌이 되어 줄 테니까요
결코 좌절하거나 포기하지 마세요.
실패의 긴 터널을 지나고 나면
새로운 태양이 비춰올 테니까요

밤이 오면 반듯이 아침이 찾아오리니
이것은 만고불변의 진리니까요

6월의 푸른 숲

산새들의 울음 따라
여름으로 들어선
어머니의 품속 같은 숲속은
늘 푸르고 포근하다

맑은 아침 숲속은
졸졸 골짝을 내달리는 물소리에
경쾌하게 깨어나고
풀잎에 맺힌 이슬
영롱한 빛깔이 황홀하다

여름의 성숙함은
주절이 열리고
자귀나무 가지엔
무용수의 부챗살 같은
춤사위가 호화롭다

6월의 시원한 계곡에서
심호흡하며 피톤치드를 마시면
흐르는 물의 조잘거림 따라
여러 가닥의 햇살이
나를 휘감아 고요케 하니

이 숲에 들어와 안기면
세상살이에 찌든
아픔도 고뇌도 심호흡 한 번으로
거짓말처럼 사라진다.

꿈

새벽녘 언제나 꿈길을 간다
물안개 피어오르는 호수 가에서
이름 모를 새소리 들으며
희망과 사랑을 꿈꾸면서
낯선 오솔길을 걷는다.

천사의 너울 같은 안개 걷히면
낯익은 현실이 나타나지만
현실은 언제나 흙탕물이었고
바짓가랑이에는 지푸라기와
오물투성이였네.

젊어 한때는
꿈도 크고 이상도 컸지만
살아갈수록 작아지고
이제는 있는 그대로 받아들이자
사랑하는 가족들이 있으니
주어진 것에 만족하며 살자

연륜에서 얻어진 깨달음인가
이만큼 이루고 산다면
나의 꿈은 이루어진 것이 아닐까
그래서 나는 오늘도 작은 것에도
감사하며 살아간다.

새해의 기도

동해에 솟아오르는
불타는 태양처럼
새해에는 새로운 희망으로
가득하게 하소서
지난날의 추한 마음
눈꽃처럼 깨끗이 씻어
내 마음 정결하게 하소서

새해에는 내 마음 가운데
커다란 십자가 한 그루 심어
가난하고 병든 자들을
돌아보게 하시고
모든 이를 감사함으로
사랑하게 하소서

지난날의 감사가
이 해에도 이어지게 하시고
부족함 가운데서도
만족함으로 풍성하게 하여
이웃도 원수도 내 마음속에 품어
사랑으로 포용하게 하소서

새해엔 어떤 고난이
닥칠지라도 그것을
견디고 이길 힘을 주시고
수없이 쓰러지고 넘어질지라도
다시 일어설 수 있는
힘과 용기를 주소서

이 한 해에도 믿음 소망 사랑이
내 삶에서 나타나며
이루어지게 하시고
저 이글거리며 타오르는
찬란한 태양처럼
온누리를 밝히는 삶이 되게 하소서.

제목 : 새해의 기도
시낭송 : 박영애
스마트폰으로 QR 코드를 스캔하면
시낭송을 감상할 수 있습니다

사랑이라
하겠습니다 2
박외도 제2시집

2024년 1월 29일 초판 1쇄
2024년 1월 31일 발행
지 은 이 : 박외도
펴 낸 이 : 김락호
디자인 편집 : 이은희
기 획 : 시사랑음악사랑
연 락 처 : 1899-1341
홈페이지 주소 : www.poemmusic.net
E-Mail : poemarts@hanmail.net

정가 : 12,000원
ISBN : 979-11-6284-510-3